Alexander S. Coburg

Bühnenfieber

Sie nannten ihn HDM

Roman

Die Handlung dieses Romans ist frei erfunden. Ähnlichkeiten der Personen mit real existierenden Menschen sind rein zufällig.

Bibliografische Information der Deutschen Nationalbibliothek:
Die Deutsche Nationalbibliothek verzeichnet diese Publikation in der Deutschen Nationalbibliografie; detaillierte bibliografische Daten sind im Internet über http://dnb.dnb.de abrufbar.

© 2020 Coburg, Alexander S.
Neuauflage

Herstellung und Verlag: BoD – Books on Demand, Norderstedt
Umschlaggestaltung: Alexandra Schröder, Berlin
Bildquelle: unsplash.com

ISBN: 9783751968089

Inhalt

Das Debüt

Der alte Mann saß im Zug – in einer der modernen Hochgeschwindigkeitsbahnen, die scheinbar über die Gleise schwebten. Er befand sich allein im Abteil. Die Sonne schien unerbittlich durchs Fenster, trieb ihm Schweißperlen ins Gesicht. Er atmete schwer, fasste sich ab und zu an die Brust. Die Füße hatte er ausgestreckt, den Kopf gegen die Lehnen gestützt. Die Hände waren gefaltet. Hin und wieder fuhr er mit einem seidenen Taschentuch über die feuchte Haut von Stirn, Oberlippe und Kinn. Sein Entschluss stand fest. Er wollte die Stationen seiner Schauspielerkarriere noch einmal Revue passieren lassen – trotz der zu erwartenden Strapazen. Es sollte schließlich ein Abschied für immer werden.

Fast fünfzig Jahre hatte er in den unterschiedlichsten Rollen auf der Bühne gestanden – überwiegend in Charakterrollen; war an insgesamt fünf Theatern im Süden und Westen der Republik engagiert gewesen; war zu einem der ganz Großen seines Fachs herangereift. Der Applaus des Publikums hatte die Dimension von Ovationen erreicht.

Er erinnerte sich an seinen Vater, der sich mit seinem Wunsch, Schauspieler zu werden, nicht anfreunden konnte. Er solle lieber einen ordentlichen Beruf erlernen, sagte er. Die Schauspielerei sei nichts als brotlose Kunst.

Auch die Mutter verstand ihn nicht. Sie meinte, er solle sich nicht versündigen. Der Herrgott habe ihn mit hoher Intelligenz gesegnet. Er habe das Zeug zum Physiker, wie seine Schulnoten bewiesen. Am Ende könne er gar Professor an einer Technischen Hochschule werden – von einem lebenslang gesicherten Einkommen ganz zu schweigen.

Natürlich war er als Mime nicht reich geworden. Er war ja kein Filmschauspieler, der eine üppige Gage erhielt – weniger für schauspielerisches Können als vielmehr für zigmaliges Wiederholen einzelner Szenen, bis sie für einen Film verwertbar waren. Im Theater ging alles live vonstatten, musste jeder Monolog oder Dialog auf Anhieb sitzen, durfte kein Fehler gemacht werden. Dafür fiel das allabendliche Salär bescheidener aus. Doch zum Leben reichte es. Wichtiger als der schnöde Mammon war ihm die Resonanz beim Publikum, wenn es einen Vorhang nach dem anderen forderte.

Vor drei Jahren musste er seinen geliebten Beruf an den Nagel hängen. Die grauen Zellen waren nicht der Auslöser gewesen. Der alt und steif gewordene Körper hatte ihm die Gefolgschaft verweigert. Das Auswendiglernen eines Textes zählte zwar nie zu seinen Stärken. Doch wenn er ihn einmal intus hatte, blieb er in seinem Gedächtnis haften – wie eine in Stein gemeißelte Inschrift. Anders stand es um die Bewegungen, die nicht mehr die Eleganz früherer Jahre besaßen. So war sein Rückzug von der Bühne nur konsequent – zumal er die Achtzig längst überschritten hatte.

Er hatte sich fein herausgeputzt, seinen besten Anzug angezogen – einen feinen dunkelblauen Zwirn. Das weiße Hemd war nagelneu. Auf Krawatte oder Fliege hatte er verzichtet. Die schwarzen Lederschuhe glänzten, dass er sich darin spiegeln konnte. Sein Haar war schlohweiß geworden, bedeckte aber noch vollständig den markanten Kopf. Nur die Gesichtszüge hatten sich verändert: die Augen lagen tiefer in ihren Höhlen, die Wangen waren eingefallen.

Er blickte abwechselnd aus dem Fenster und durch die auf den Gang führende Glastür. Die Landschaft flog förmlich vorüber: die ausgedehnten Wälder, deren Grün je nach Sonneneinstrahlung in Licht getaucht war oder vom Schatten beherrscht wurde; die Wiesen, auf denen Pferde, Kühe oder Schafe mit ihrem noch unbeholfenen Nachwuchs weideten; die Äcker, über die sich Bauern mit ihren landwirtschaftlichen Fahrzeugen hermachten; Flüsse und Weiher, auf denen Wildenten mit ihren Küken Eskorten bildeten, ab und zu die Köpfe ins Wasser tauchten und das Hinterteil in die Höhe reckten. Auch die an der Strecke gelegenen Haltepunkte huschten in Sekundenschnelle am Fenster vorüber. Auf dem Gang ging es lebhaft zu. Hin und her eilende Fahrgäste sorgten pausenlos für Unruhe. Vom Schaffner war hingegen nichts zu sehen.

Er dachte an die alten Züge zurück, die von Dampflokomotiven gezogen wurden. Die Räder rumpelten über die Gleise. Jedesmal gab es einen kräftigen Ruck, wenn sich der Zug in Bewegung setzte oder im Bahnhof anhielt. Die Waggons waren mit Holzbänken ausgestattet. Längeres Sitzen war äußerst unbequem. Und wenn es drinnen zu warm und das Fenster geöffnet wurde, drang beißender Qualm ins Abteil herein. Wer dann den Kopf zu weit aus dem Fenster lehnte, fand sich mit einem rußgeschwärzten Gesicht wieder.

Er sah zur Gepäckablage hinauf, wo die beiden Koffer nebeneinander lagen. Alles, was er für seine Hotelaufenthalte benötigte, befand sich in dem zeitgemäßen Reisekoffer. Das antiquarisch wirkende Gepäckstück hingegen enthielt Kostüme, in denen er einst aufgetreten war. Jedesmal, wenn sein Engagement an einem Theater beendet war, erhielt er als Abschiedsgeschenk die Garderobe seiner Lieblingsrolle.

Plötzlich quälten ihn krampfartige Schmerzen. Er zog eine kleine Dose aus der Jackentasche, öffnete sie, nahm eine Tablette heraus und schluckte sie mit Hilfe von Wasser hinunter. Die Flasche hatte er vorsorglich auf dem Bahnhof gekauft. Geduldig wartete er auf eine Linderung seiner Beschwerden.

An der Schauspielschule hatte er nicht als Musterschüler gegolten. Die viele Theorie langweilte ihn. Die Seminare, in denen er die ersten Rollen spielen durfte, mit den Werken sowohl der Klassik als auch der Moderne konfrontiert wurde, lagen ihm weit mehr – wenn ihm das Auswendiglernen der Texte auch Probleme bereitete. Schon auf dem Gymnasium konnte er sich die Schillerschen Balladen kaum einprägen. Dafür besaß er umso mehr Talent, beherrschte Mimik und Gestik wie kaum ein anderer. Während dieser Zeit spielte er den Argan in Molières DER EINGEBILDETE KRANKE, den Sultan Saladin in Lessings NATHAN DER WEISE, den Willy Loman in Millers DER TOD DES HANDLUNGSREISENDEN und den Estragon in Becketts WARTEN AUF GODOT.

Der Zug hielt. Es handelte sich um einen großen Bahnhof, wie er für eine Großstadt typisch war. Er sah ihn allerdings zum ersten Mal. Er hatte nicht die geringste Ahnung, wo er sich gerade befand. Auf den Bahnsteigtafeln stand nichts geschrieben. Und die Lautsprecheransage verstand er nicht. Er wurde nervös, war sich aber ziemlich sicher, im richtigen Zug zu sitzen.

Nach kurzem Aufenthalt fuhr die Hochgeschwindigkeitsbahn weiter. Bevor sie richtig Fahrt aufnehmen konnte, betrat eine etwa vierzig Jahre alte Frau das Abteil. Sie nahm ihm gegenüber Platz.

Mit der Bequemlichkeit war es jetzt vorbei. Widerwillig zog er die ausgestreckten Beine ein. Hinzu kam, dass er dem Anblick der Person kaum ausweichen konnte. Der an einen Sumo-Ringer erinnernde Körper nahm zwei Plätze ein. Das schwabbelige Fett quoll aus der zu engen Hose heraus. Die Brüste wirkten wie aufgeblasene Ballons. Aus dem geöffneten Mund der hin und wieder gähnenden Frau lugte ein von Zahnlücken dominiertes Gebiss hervor. Ihre strohblonden Haare waren zerzaust. Sie stank nach Parfüm, hatte sich anscheinend eine ganze Flasche über den Fleischklumpen gegossen. Zu allem Übel begann sie sich auch noch zu schminken, hielt einen Spiegel vors Gesicht, nahm einen Lippenstift zur Hand und übertünchte die wulstigen Lippen mit knallroter Farbe. Sogar die Wimpern mussten dran glauben, wurden in schwarze Bürsten verwandelt. Jetzt sah sie wie ein leibhaftiges Ungeheuer aus.

Er schloss die Augen, versuchte ein wenig zu schlafen. Es gelang ihm nicht. Die Frau beschäftigte ihn mehr als ihm lieb war. Stets von neuem sah er zu ihr hinüber, um sich gleich darauf wieder von ihr abzuwenden. Irgendwann nahm sie ein Buch zur Hand und blätterte darin. Er hoffte herauszubekommen, was sie so angespannt las. Doch auf dem Einband stand kein Titel und die Seiten des Buches waren allesamt leer. Was hatte das zu bedeuten? Er rieb sich verwundert die Augen. Minuten später hielt der Zug erneut. Er war endlich am Ziel seiner ersten Tagesetappe.

Am kleinen Theater in dem nicht minder kleinen Weinort hatte seine Schauspielerlaufbahn begonnen. Der Intendant, der zugleich die Regie von Goethes IPHIGENIE AUF TAURIS und Strindbergs FRÄULEIN JULIE übernommen hatte, war ein Perfektionist. Für jedes Wort musste der richtige Ton getroffen, zu jeder Bewegung die passende Haltung eingenommen werden. Mimik und Gestik wurden unzählige Male trainiert. Eine einzige Szene nahm manchmal mehrere Tage in Anspruch, ehe der Prinzipal hundertprozentig zufrieden war. So war es verständlich, wenn ihn die Proben mehr belasteten als Premieren und Aufführungen zusammen.

Der Mann war ein Künstler, der nicht nur dem Theater, sondern auch der Malerei verbunden war – die Gestaltung der Bühnenbilder inbegriffen. Er war ausgesprochen kreativ. Wie die Farben seiner Bilder verschmolz er die Worte der Sprache zu einer einzigartigen Komposition. Er konnte in Rage geraten, wenn seine Schauspieler nicht optimal vorbereitet waren, ihre Texte nicht auswendig gelernt hatten – für ihn ein Manko, das ihm schon an der Schauspielschule Ärger eingebracht hatte. Dem standen die pädagogischen Fähigkeiten des gestrengen Meisters entgegen, wenn er herausragende Auftritte seiner Darsteller besonders lobte, sie auf diese Weise motivierte und zu noch größeren Leistungen anspornte.

Die harte Arbeit hatte sich für ihn als Debütant ausgezahlt. Namhafte Bühnen waren auf ihn aufmerksam geworden, boten ihm feste Engagements an – vornehmlich im Charakterfach. Er war über Nacht zu einem Begriff in der Theaterszene geworden.

Auf dem Bahnsteig standen etliche Fahrgäste. Sie gafften ihn mit weit aufgerissenen Mäulern an, als kam er von einem anderen Stern. Sah er denn so krank aus, dass sie das Besteigen des Zuges vergaßen? Oder hatten sie ihn wiedererkannt? Nach so vielen Jahren?

Er hielt einen Moment inne und musterte die reglosen Gestalten, für deren Verhalten er keine plausible Erklärung fand. Dann suchte er das Weite, ließ das Bahnhofsgebäude hinter sich und stieg mitsamt seinen Koffern in einen bereitstehenden Bus. Auf der Anzeigetafel war neben der Endstation auch sein Zielort angegeben.

Er war völlig außer Atem, musste mehrmals hintereinander tief Luft holen. Schließlich nahm er Platz. Er hatte die Qual der Wahl, denn der Bus war leer – auch der Fahrersitz. Er hatte sich noch gar nicht erholt, als er seinen Augen kaum traute.

Die gaffende Horde tauchte jetzt an der Bushaltestelle auf, trat mit militärischer Disziplin – wie ein Bataillon ausrückender Soldaten – in Reih und Glied an, starrte auf ihn und ließ erst von ihm ab, als sich der Bus in Bewegung setzte.

Er war verwirrt, bemerkte nur beiläufig den führerlosen Omnibus. Der Angstschweiß trat ihm auf die Stirn. Die scheinbar endlose Fahrt konnte er nicht genießen. Zu sehr war er mit den rätselhaften Vorgängen beschäftigt, fand keine Antwort auf die vielen Fragen.

In der von Weinbergen geprägten Landschaft war er zur Welt gekommen. Hier war er aufgewachsen und zur Schule gegangen. Hier war er als junger Mann zum passionierten Weintrinker geworden.

Anfangs trank er Silvaner, ging mit zunehmendem Alter zum Müller-Thurgau über. Erst in den letzten Jahren war er auf den Riesling umgestiegen.

Nicht nur die Landschaft dieser reizvollen und zugleich geschichtsträchtigen Region ließ die Herzen höher schlagen. Auch die märchenhaft vor sich hinträumenden Orte waren einen Besuch wert. Die überwiegend katholisch geprägten Gemeinden besaßen alle eine Kirche — und war das Dorf noch so klein. Und natürlich verfügten sie über einen Gasthof, eine Weinstube oder einen Weinkeller. In manchen Orten existierte noch eine Heckenwirtschaft, wo der Wein quasi hinter der Hecke ausgeschenkt und als Erkennungsmerkmal ein Kranz zum Fenster hinausgehängt wurde. In diesen Häusern war der Ausschank zeitlich befristet. Als Symbol dieses Weinanbaugebiets diente der Bocksbeutel. Die an den Häusern und Höfen angebrachten Madonnenstatuen sowie die am Wegesrand stehenden Bildstöcke, die meist an schreckliche Ereignisse erinnerten, waren nicht minder charakteristisch für diesen Landstrich.

Der Bus fuhr immer am Ufer des Flusses entlang, der das Tal beherrschte. Wie von Geisterhand gesteuert bewegte sich das Gefährt von einer Haltestelle zur andern, hielt jedesmal kurz an, ohne dass jemand zustieg, und fuhr kurz darauf weiter. Während der ganzen Tour blieb er der einzige Fahrgast. Die Passanten in den von der Linie bedienten Orten schien der Anblick des führerlosen Busses nicht zu irritieren. Im Gegenteil: die meisten, die dem geheimnisvollen Fahrzeug begegneten, nahmen kaum Notiz davon. Und falls doch einer dem Vehikel Aufmerksamkeit schenkte, winkte er dem einzigen Passagier wie einem alten Bekannten zu.

Am Ziel wurde er von einer Stimme aufgefordert, den Bus zu verlassen. Es handelte sich um eine computergesteuerte Ansage. Aber woher wusste das System, dass er in diesem Ort aussteigen wollte? Er war vollends verunsichert. Und weil er gezögert hatte, wiederholte die Stimme die Ansage. In Panik ergriff er die beiden Koffer und stolperte ins Freie. Den Gehweg vor der Haltestelle hatte er kaum betreten, als der seltsame Linienbus in Richtung Endstation weiterfuhr.

Das kleine Theater war weit über die Landesgrenzen hinaus bekannt. Die Leute strömten in Scharen herbei. Ein Einlass ohne Vorbestellung war nahezu unmöglich. Es war ein gemischtes Völkchen: jung und alt, männlich und weiblich, groß und klein, übergewichtig und schlank, elegant und sportlich, elitär und volkstümlich. Trotz voller Konzentration auf seine Rolle war er in der Lage, die Besucher von der Bühne aus zu beobachten: wenn sie lachten oder zu Tränen gerührt waren, erwartungsvoll oder skeptisch dreinschauten, geduldig oder ungeduldig wirkten, begeistert oder gelangweilt reagierten. Obwohl alle Karten besaßen, bezogen sie lange vor Vorstellungsbeginn vor dem Theater Position. Sobald die Tür geöffnet wurde, stürmten sie in das Foyer und von dort die Treppe hinauf in den Zuschauerraum, um ja einen guten Platz zu ergattern. Dabei war die Sicht in dem winzigen Raum von überall gleich gut.

Autogramme hatte er nur selten geben müssen. Die meisten zog es nach dem letzten Vorhang in einen der Gastronomiebetriebe des kleinen Weinortes. Unter denen, die ein Foto mit seinem Portrait signiert haben wollten, befand sich eine junge Frau. Er sollte seine Unterschrift mit dem Zusatz FÜR ANGELIKA unter das Bild setzen. Den Gefallen tat er ihr. Die etwa Zwanzigjährige war ihm auf

Anhieb sympathisch. Danach hatte sie sich den anderen angeschlossen. Als er in der Garderobe verschwinden wollte, um sich umzuziehen und abzuschminken, bemerkte er eine Visitenkarte auf dem Boden. Er hob sie auf und stellte anhand des Vornamens fest, dass sie von der jungen Frau stammte. Hatte sie die Karte verloren? Oder ließ sie diese absichtlich fallen, damit er ihre Spur aufnahm?

Auf dem Heimweg hatte er überlegt, ob er sie suchen sollte. Dafür hätte er sämtliche Lokale abklappern müssen. Das erschien ihm zu mühsam. Vielleicht war sie auch in einem Nachbarort einquartiert, möglicherweise mit einer Gruppe unterwegs. Er hielt es für angebracht, sie irgendwann anzurufen. Früher oder später musste sie daheim sein.

In den nächsten Tagen griff er ein ums andere Mal nach der Karte, las Vor- und Nachnamen, Adresse und Telefonnummer. Und jedesmal rief er sich ihr Bild in Erinnerung. Sie war etwas kleiner als er, trug lange schwarze Haare. Die braunen Augen strahlten, der Mund lud zum Küssen ein. Sie war gut gewachsen, besaß auffallend lange Beine. Die Proportionen stimmten. Nur die dünnen Finger stellten einen kleinen Makel dar. Bekleidet war sie mit einem roten Rock und einer weißen Bluse. Die Farben passten gut zu ihrem schwarzen Haar und der gebräunten Haut.

Eines Tages fasste er sich ein Herz und rief sie an. Doch niemand ging ans Telefon. Er versuchte es noch ein paar Mal – jedes Mal ohne Erfolg. Irgendwann gab er auf. Am Ende geriet sie in Vergessenheit.

Zum Hotel waren es nur etwa hundert Schritte. Doch er hatte sich zuviel zugemutet. Mit den schweren Koffern wurden selbst die paar Meter Fußweg zur Tortur. Er musste immer wieder stehenbleiben und tief durchatmen. Nur unter größten Anstrengungen erreichte er erschöpft sein Ziel.

Das Hotel kannte er von früher, hatte hin und wieder im Restaurant zu Abend gegessen. Am Eingang grüßte eine originale Ritterrüstung. Er ging hinein. Die Rezeption war nicht besetzt. Überhaupt schien das Haus menschenleer zu sein. Kein Personal war zu sehen, auch kein Gast. Er rief laut, um sich bemerkbar zu machen. Niemand erschien. Es kam ihm unheimlich vor. Er rief nochmals, aber nichts geschah. Erst jetzt entdeckte er einen auf dem Tresen liegenden Schlüssel mit der Zimmernummer zehn. Darunter lag ein Zettel mit seinem Namen. Man hatte ihn also doch nicht vergessen. Er nahm den Schlüssel und schleppte die Koffer in die erste Etage hinauf. Das Treppensteigen fiel ihm noch schwerer als der Weg zum Hotel. Schließlich stand er vor besagtem Zimmer.

Er öffnete die Tür und trat ein. Der Raum war groß und hell. Die beiden Fenster waren dem Innenhof zugewandt, lagen also auf der ruhigen Seite. Dabei konnte der durch den Ort fließende Verkehr nicht als übermäßig bezeichnet werden. Entweder suchten die Anlieger ihre Grundstücke auf. Oder ein paar lauffaule Touristen warfen einen Blick auf die schmucken Häuser und Höfe. Trotz der günstigen Lichtverhältnisse heizte sich das Zimmer nicht auf. Die Möbel besaßen antiquarischen Wert. Das breite Bett mit dem intarsiengeschmückten Kopfteil war bequem, der reich verzierte Schrank für die Unterbringung seiner Kleidung groß genug. Einzig das Bad war auf den neuesten Stand gebracht worden. Der im Zimmer angebrachte mannshohe Spiegel mit dem vergoldeten Rahmen hatte es ihm besonders angetan, lud ihn zur Verkleidung geradezu ein.

Er legte den Kostümkoffer aufs Bett, öffnete ihn und setzte sich daneben. Was hatte er nicht alles auf die Reise mitgenommen: die Garderobe des Orest in Goethes IPHIGENIE AUF TAURIS, des Mackie Messer in Brechts DREIGROSCHENOPER, des Lelio in Goldonis DER LÜG-NER, des Hamlet in Shakespeares gleichnamigem Trauerspiel und des Mephisto in Goethes FAUST.

*

Nichts erinnerte mehr an die geisterhafte Stille vom Vortag. Vor der Rezeption stauten sich die Übernachtungsgäste, die entweder einchecken oder zahlen wollten. Überall versperrten die Koffer der Reisenden den Weg zum Haupteingang. Die Servicekräfte rannten zwischen der Küche und dem Restaurant hin und her, räumten das Frühstücksgeschirr ab und deckten die Tische für das Mittagessen. Er hangelte sich mühsam durch den Hindernisparcours.

Draußen holte er erst einmal tief Luft. Eigentlich war das Klima in dieser von Weinbergen beherrschten Gegend genau das Richtige für ihn. Er kam ins Grübeln, ob es nicht besser gewesen wäre, diesem Landstrich – seiner Heimat – die Treue zu halten. Doch für derartige Überlegungen war es jetzt zu spät. Außerdem war er nicht hierher gekommen, um Trübsal zu blasen, sondern sein bewegtes Leben noch einmal an sich vorüberziehen zu lassen. Und dieser kleine Weinort sollte den Anfang machen.

Die Neugier trieb ihn zu dem alten Fachwerkhaus, in dem er eine Zwei-Zimmer-Wohnung gemietet hatte. Es war ansehnlich herausgeputzt, glänzte mit frischer Farbe. Zu seiner Zeit war es nicht verfallen, aber renovierungsbedürftig. Die Wohnung befand sich im ersten Obergeschoss. Er wollte auf den Klingelknopf drücken, traute sich aber nicht. Womöglich hätte man ihn abgewiesen. Doch dann erinnerte er sich an die hierzulande übliche Gastfreundschaft. Er fasste sich ein Herz und läutete. Es rührte sich nichts. Er versuchte es noch einmal. Aber es war vergeblich. Niemand reagierte.

Eine gleich nebenan wohnende Frau mittleren Alters hatte ihn beobachtet. Sie sah aus einem nur halb geöffneten Fenster, trug eine Menge Lockenwickler im Haar und sprach einen fremden Dialekt. Im Nachbarhaus sei niemand, rief sie ihm laut zu.

Er trat näher an das Fenster der Frau heran, um sie besser zu verstehen.

Der Hausbesitzer läge im Krankenhaus. Er habe sich bei einem Treppensturz das linke Bein gebrochen. Eine schlimme Sache. Sei wohl ein komplizierter Bruch. Erst am nächsten Morgen habe man den jammernden Unglücksraben gefunden. Und die vermietete Wohnung im ersten Stock stünde seit langem leer. Der junge Mann säße im Knast. Habe wohl was mit Drogen zu tun gehabt.

Er bedankte sich für die Auskunft, glaubte der Frau aber kein Wort. Von wegen, in der Wohnung lebte niemand mehr. Als er kurz nach oben sah, bekam er zufällig mit, wie ein junges Mädchen hinter der halb geöffneten Gardine verschwand und diese zuzog. Er ersparte sich weitere Nachfragen und ging ein paar Häuser weiter. An die meisten Nachbarn konnte er sich nicht mehr erinnern.

Nur drei Personen waren in seinem Gedächtnis haften geblieben: ein Lehrer, eine Bedienung und ein Behinderter.

Der Lehrer war nur wenig älter gewesen. Er war als Studienrat am Gymnasium der Kreisstadt tätig, lehrte Deutsch und Geschichte. Er wusste alles über die Schlachten seit Alexander dem Großen: kam ins Schwärmen, wenn er von DREI DREI DREI, ISSOS KEILEREI sprach; bewunderte Arminius, den Cheruskerfürst, der Varus und seine römischen Legionen in einen Hinterhalt gelockt und vernichtend geschlagen hatte; und pries Napoleon als großen Feldherrn, der bei Waterloo lediglich seiner Selbstüberschätzung zum Opfer gefallen war. Nur an dem überfallartigen Gemetzel der Nazi-Schergen ließ er kein gutes Haar, bekam glänzende Augen, wenn er an deren Niedergang erinnerte. Er konnte sich fürchterlich ereifern, wenn sein Vater und dessen blindgewordene Generation ihm vorhielten, das Land aufgebaut zu haben. Dabei trugen sie ja die Verantwortung dafür, dass die Alliierten alles in Schutt und Asche gelegt hatten. Sie alle hatten auf die Frage WOLLT IHR DEN TOTALEN KRIEG? mit einem ohren-betäubenden JA! geantwortet.

Im Fach Deutsch wurde der Pauker eher sinnlich. Hier hatten es ihm die Klassiker, insbesondere die des Theaters, angetan: de la Barca, Shakespeare, Molière, Goldoni, Lessing, Goethe, Schiller, Kleist, Grabbe und Hebbel. So war es nur verständlich, wenn die beiden hin und wieder über die Dramen der großen Dichter fachsim-pelten. Und natürlich hockte der Pädagoge in dem kleinen Theater, wenn er, Hans-Dieter Messmer, schon damals unter dem Kürzel HDM ein Begriff, auf der Bühne stand – nicht nur als Orest in Goethes IPHIGENIE AUF TAURIS, sondern auch als Diener Jean in Strindbergs FRÄULEIN JULIE. Meistens blieb es nicht bei Plau-dereien über diese schöne Kunst, wenn sie nach der Vorstellung im beliebten Weinhaus zusammensaßen. Hin und wieder musste er Teile seiner Rollen vortragen. Dann erhob er sich in seiner Weinseligkeit und verwandelte das gastronomische Kleinod in ein Theater der besonderen Art. Die Gäste spendeten nicht nur Beifall, indem sie mit den Fäusten wie Trommler auf die Tischplatten schlugen, bis die Weingläser klirrten, und mit den Füßen wie Stepptänzer den hölzernen Boden bearbeiteten, bis der ganze Raum bebte. Sie spendierten dem Mimen ab und zu auch ein Glas Wein, was die Hemmschwelle bei seinen Auftritten weiter herabsetzte. Bald hatten sich derartige Abende unter Ortsansässigen und Touristen gleichermaßen herumgesprochen, worüber sich vor allem der Wirt freuen durfte.

In eben diesem Weinhaus war er der Bedienung begegnet. Sie war deutlich jünger als er. Sie war bildhübsch – eine Mischung aus schwarz und weiß. Wie er gehört hatte, stammte sie aus der Beziehung zwischen einem dunkelhäutigen amerikanischen Soldaten und einer einheimischen Frau, die alljährlich bei der Weinlese half. Die Tochter der beiden sprach hiesigen Dialekt, was bei der dunklen Hautfarbe irritierte. Sie trug mit Vorliebe einen kurzen Rock und eine tief ausgeschnittene Bluse, wirkte aber nicht aufreizend. Die Kleidung passte zu ihr, machte sie zu einem Blickfang. Wenn Gäste ihre Freizügigkeit zum Anlass nahmen, an den vollen Busen zu fassen oder das ausgeprägte Hinterteil zu tätscheln, haute sie ihnen auf die Finger. Zu ihm war sie stets freundlich, kokettierte gar ein wenig mit ihm, wollte dem allseits beliebten Mimen unbedingt gefallen. Ob sie ihn jemals auf der Bühne erlebt hatte, bezweifelte er. Die karibisch anmutende Schönheit wäre ihm mit Sicherheit aufgefallen.

Der ebenfalls noch sehr junge Behinderte hatte seit Jahren im Rollstuhl gesessen. Nach einem Motorradunfall mussten ihm beide Beine amputiert werden. Manchmal schob er ihn in den Flur des zweistöckigen Nachbarhauses, dessen Stufen zum Eingang eine schier *unüberwindbare Barriere darstellten. Umso erstaunlicher war es, wie sich der junge Mann aus dem Gefährt befreite und die Treppe bis zur ersten Etage hinauf schaffte. Das grenzte an Akrobatik. Er bewunderte das auf fremde Hilfe angewiesene Unfallopfer, wie es sein Schicksal meisterte und als Gott befohlen hinnahm.*

Ihn interessierte natürlich, was aus den Dreien geworden war. Ihre Namen waren an den Haustüren verschwunden. Rein zufällig kam ihm ein älterer Mann mit Glatze entgegen, der in eines der Häuser hineingehen wollte. Er fragte den Kahlköpfigen nach deren Verbleib.

Den Lehrer habe er nur vom Hörensagen gekannt. Er wisse lediglich, dass er nach seiner Pensionierung weggezogen sei. Der Behinderte sei ihm hin und wieder begegnet. Leider sei er vor ein paar Jahren verstorben. Angeblich habe sein Kreislauf versagt. Zu der Bedienung könne er nichts sagen. Und ob sie noch in dem Weinhaus arbeite, wisse er nicht. Er verkehre dort nicht. Dann verschwand der Kahlköpfige eilig im Haus.

Innerhalb der alten Stadtmauer war vieles aufwändig saniert, das historische Ortsbild dabei bewahrt worden. Er bestaunte das eine oder andere herausgeputzte Anwesen, erfreute sich an den schmiedeeisernen Schildern, die über den Eingängen der gastronomischen Betriebe und Weingüter prangten, fand Gefallen am mächtigen Schloss und dem Rathaus mit seinem Treppengiebel – beides im Renaissancestil errichtet – und warf einen Blick in die Kirche mit der schönen geschnitzten Kanzel. Ab und zu litt er unter Luftmangel, nutzte jede sich bietende Sitzgelegenheit für eine kurze Pause.

Die Künstlergilde war dem Ort treu geblieben – selbst wenn es sich inzwischen um andere Maler und Bildhauer handelte. Manche wohnten wie anno dazumal in den alten Wehrtürmen der Stadtbefestigung. Ihre Werke konnten in den zahlreichen Galerien betrachtet und erworben werden. Auch das Theater im Torturm existierte noch. Nach wie vor stürmten die Besucher aus nah und fern die Bühne, zwängten sich die Fahrzeuge durch den engen Torbogen.

Es war Mittagszeit. Touristen waren nicht zu sehen. Diejenigen, die ihren Wein direkt bei den Weinbauern kauften, hielten sich in den Probierstuben der Weingüter auf. Die anderen ließen es sich um diese Zeit in den Gasthöfen, Restaurants oder Weinstuben gutgehen. Nur ein paar männliche Einheimische tauchten hier und da auf. Es waren ausnahmslos junge Leute, die seltsame Hüte trugen. Die zogen sie höflich, sobald sie ihm begegneten. Dieser Brauch war zu seiner Zeit nicht üblich. Von der Bühne her konnten sie ihn nicht kennen. Dafür waren sie zu jung.

Der Fluss plätscherte gemächlich dahin. Auf der gegenüberliegenden Seite lag das Zwillingsdorf. An beiden Ufern spielten ein paar Knirpse. Sie versuchten, sich gegenseitig Steine zuzuwerfen. Dabei machten sie wie alle Kinder einigen Lärm.

Auch sonst war einiges los. Erst zog ein Ruderboot vorüber – ein Achter, dessen Team mit hoher Schlagzahl ein gehöriges Tempo drauf hatte. Dann näherte sich ein Fahrgastschiff, das für leichten Wellengang sorgte. Die sangesfreudige Gesellschaft saß auf dem Oberdeck und stimmte ein Seemannslied nach dem anderen an – begleitet von einem Akkordeonspieler. Nur wenig später raste ein Motorboot mit zwei Insassen über das Wasser. Jetzt schlugen die Wellen auf beiden Seiten derart heftig gegen die Uferböschung, dass die Kinder kreischend zurückwichen.

Einige Meter von ihm entfernt erschien eine Gruppe alter Leute. Zweifellos waren es Touristen, die mit einem Reisebus in den Weinort eingefallen waren. Nun waren die Fremden da, die er zuvor vermisst hatte. Und auch die Wespen waren plötzlich präsent, als hätten sie sich für diese Zeit an diesem Ort verabredet. Einem angreifenden Geschwader gleich torpedierten sie rücksichtslos die überfüllten Abfallkörbe. Er suchte das Weite.

Er sei doch der HDM, vernahm er eine Stimme hinter sich, als er die Seniorenriege passiert hatte. Sie seien einer seiner Fanclubs. Er möge ihnen bitteschön ein Autogramm geben – am besten auf jedermanns Unterarm.

Es verschlug ihm die Sprache. Seit wann hatte er Fanclubs? Und was sollte das mit dem Signieren auf der Haut, noch dazu auf der runzligen Haut alter Leute? Er habe gar keinen Stift bei sich, versuchte er sich herauszureden.

Das sei auch nicht nötig, sagte die Wortführerin. Ein Brandzeichen genüge. Und ehe er abwehren konnte, zückte die Frau ein pistolenähnliches Feuerzeug, wie es zum Anzünden von Grillkohle verwendet wurde. Sie drückte auf eine Taste, die Flamme schoss aus der Öffnung. Grinsend reichte sie ihm das Gerät.

Das war zuviel des Guten. Die Gruppe wollte ihn offenbar zum Narren halten. Empört wies er das lächerliche Ansinnen zurück, schüttelte ungläubig den Kopf und ließ den seltsamen Verein kurzerhand stehen.

*

Im winzigen Theater dieses kleinen Weinortes hatte er als Orest auf der Bühne gestanden. Er holte das Kostüm für diese Rolle aus dem Koffer, breitete es auf dem Bett aus und betrachtete es mit einer gewissen Sentimentalität. Mit welcher Begeisterung hatte er diese Figur gespielt. War es doch die erste Rolle nach seiner Schauspielausbildung gewesen. Er zog der Reihe nach sein Jackett, die Schuhe, die Hose und das Hemd aus. Dann streifte er die Tunika über und schlüpfte in die Sandalen. Nur sein schlohweißes Haupt passte nicht zu dem jugendlichen Orest. Damals, als er die Figur verkörperte, verfügte er noch über pechschwarze Haare.

Er betrachtete sich im Spiegel. Ein paar Tränen liefen über seine Wangen. Er dachte mit Wehmut an die Zeit zurück, als er den Applaus des Publikums entgegennehmen durfte, seinem Körper die volle Leistung abringen konnte, dem Genuss von Wein, gutem Essen und Zigaretten nicht entsagen musste. Die rührige Geschichte des alten Goethe hatte er noch deutlich vor Augen.

Als Fremder war Orest mit seinem Freund Pylades in Tauris gelandet. König Thoas wollte die beiden am Altar der Diana opfern, um Iphigenie, die Tochter Agamemnons, für sich zu gewinnen. Diese schauderte vor dem alten grausamen Brauch zurück. Das Dilemma, in dem sie sich befand, wurde noch größer, als sie erfuhr, dass einer der Fremden ihr Bruder Orest war. Dem war von Apollo geweissagt worden, der auf ihm lastende Fluch des Muttermörders würde sich lösen, wenn er die Schwester nach Griechenland zurückbrachte. Also

27

bereiteten sie die gemeinsame Flucht vor, wobei Thoas getäuscht und das Götterbild der Diana geraubt werden sollte. Iphigenie vermochte Thoas jedoch nicht zu hintergehen und offenbarte ihm das Vorhaben. Dieser war von ihrer edlen Gesinnung derart beeindruckt, dass er sich großmütig zeigte und allen drei die Heimkehr gestattete. Dianas Bild hingegen blieb in Tauris.

Er lief im Zimmer auf und ab, gab einige Dialoge zum Besten, beherrschte wie eh und je Mimik und Gestik. Er fühlte sich auf die Bühne des kleinen Theaters versetzt, war sichtlich bemüht, den schwankenden Gemütszustand des Orest authentisch darzustellen. Doch schon bald hatte ihn die Realität eingeholt, fand er sich nicht nur in den vier Wänden des Hotelzimmers, sondern auch in den Klauen der heimtückischen Krankheit wieder. Er hatte sich wie so oft verausgabt, bekam kaum noch Luft, musste das Inhalationsgerät zu Hilfe nehmen. Er war verzweifelt. Warum traf es ausgerechnet ihn? Er haderte mit dem Schicksal. Deprimiert zog er Tunika und Sandalen aus, verstaute beides im Kostümkoffer und legte sich ein paar Minuten aufs Bett.

*

Der Wirt des traditionsreichen Weinhauses lebte noch, erkannte ihn aber nicht. Er hockte teilnahmslos in einer Ecke hinter dem Ausschank, den vor Jahren sein Sohn übernommen hatte.

Er nahm an einem freien Tisch Platz.

Jesus! Maria! rief die Bedienung. Sie glaube es nicht. Der HDM. Sei er es wirklich?

Erst jetzt erkannte er die einst junge Frau. Ihre Haut wirkte nicht mehr so dunkel wie früher. Nur alt war sie geworden.

Sie freue sich ja so, ihn wiederzusehen. Sie reichte ihm die Hand. Er habe sich kaum verändert. Nur schmaler sei er geworden. Und weiße Haare habe er bekommen.

Im Alter sei eben vieles nicht mehr so wie in jungen Jahren. Sonst könne er nicht klagen. Seine Krankheit verschwieg er.

Wo er in all den Jahren aufgetreten sei? Und ob er noch auf der Bühne stehe? Sie denke häufig an die Zeit zurück, als er das Weinhaus zum Theater gemacht habe. Da sei hier richtig was los gewesen. Heute komme das Volk – oft sind es Bustouristen – nur zum Saufen her, flüsterte sie ihm ins Ohr. Der junge Wirt verdiene zwar nicht schlecht daran, aber das einstige Flair sei unwiederbringlich verloren.

Er fühlte sich geehrt. Dabei erinnerte er sich, dass auch seine Auftritte fast regelmäßig in einem fulminanten Trinkgelage geendet hatten. Dann ging er auf ihre Eingangsfrage ein und schilderte seinen weiteren Lebensweg als Schauspieler. Heute trete er nicht mehr auf, fügte er noch hinzu.

Die Bedienung fragte ihn, ob er etwas essen wolle?

Nein, nur etwas trinken. Er bestellte einen Riesling.

Früher habe er immer einen Silvaner bestellt.

Ja, früher. Ihr gutes Gedächtnis verblüffte ihn.

Sie begab sich zum Ausschank, wo etliche Weingläser auf die durstigen Gäste warteten.

Ein altes Ehepaar näherte sich und blieb vor ihm stehen.

Der Herr sei doch Schauspieler, sagte der Mann.

Er nickte.

Sie erinnere sich, wie er den Doktor Faust gespielt habe, sagte die Frau.

Da täusche sie sich. Er habe immer nur den Mephisto gespielt.

Was meine ER, fragte sie ihren Mann.

Der Herr müsse es ja wissen.

Dann habe sie sich wohl getäuscht.

Der Mann entschuldigte sich für die Störung. Dann verließen die beiden Alten das Weinhaus.

Die Bedienung kam zurück und stellte das Glas Riesling auf den Tisch. Zum Wohl! Dass sie das noch erleben dürfe. Der HDM.

Er trank einen Schluck. Der Wein schmeckte köstlich. Wie lange war es jetzt her, seit er das letzte Mal den edlen Tropfen genießen durfte? Der Arzt hatte ihm jeglichen Alkohol verboten. Doch was sollte ihm jetzt noch schaden? Gierig nahm er den nächsten Schluck. Dann einen weiteren und noch einen, bis das Glas leer war. Er gab der Bedienung ein Zeichen, ihm einen zweiten Riesling zu bringen.

Sie servierte ihm das zweite Glas.

Er nahm erneut einen Schluck und fühlte sich wie neugeboren.

*

Er stand vor dem Torturm, in dessen Obergeschoß – direkt über der Durchfahrt – das kleine Theater untergebracht war. Hier verdiente er sich als Schauspieler die ersten Lorbeeren. Ein wenig Nostalgie übermannte ihn. Der

Eingang war verschlossen. Drinnen hörte er Geräusche. Er klopfte an die Tür. Es tat sich nichts. Er klopfte noch einmal. Endlich hörte er Schritte. Die Tür wurde geöffnet.

Eine Frau mittleren Alters stand vor ihm. Sie hielt einen Schrubber in der Hand. Was er wolle, fragte sie ihn etwas unwirsch.

Ob er eintreten dürfe?

Er sei noch zu früh dran. Die Vorstellung beginne erst am Abend.

Das wisse er. Er wolle sich das Theater nur ansehen.

Da könne ja jeder kommen. Sie wollte die Tür wieder schließen.

Er habe früher hier gespielt. Er stellte den Fuß zwischen Tür und Rahmen. Er sei zufällig hier und wolle nur seine Erinnerungen ein wenig auffrischen.

Er könne ihr viel erzählen. Sie kenne ihn nicht, obwohl sie schon seit fünfundzwanzig Jahren hier putze.

Dann könne sie ihn auch nicht kennen. Sein Engagement liege fast fünfzig Jahre zurück. Er entdeckte durch den offenen Türschlitz eine Reihe von Fotos an den Wänden. In der Bildergalerie müsse auch ER verewigt sein. Er könne ihr die Aufnahme ja zeigen.

Auf diesen Hinweis fiel die Frau herein. Sie ließ ihn eintreten. Er suchte die Wände der Reihe nach ab und blieb vor dem Portrait eines jungen Schauspielers stehen. So ähnlich hatte er damals ausgesehen.

Das solle ER sein?

Aber ja. Das sei schließlich lange her. Nach so vielen Jahren sehe niemand mehr aus wie früher.

Er solle sich in Gottes Namen umschauen. Aber in einer Stunde sei sie mit dem Putzen fertig. Dann müsse er das Theater verlassen.

Er bedankte sich, blieb einen Moment vor der Bildergalerie stehen und sah sich die Fotos genauer an. Zwei Gesichter kamen ihm bekannt vor. Nur an die Namen konnte er sich nicht erinnern. Den Mann hatte er in einem Film gesehen. Den Titel hatte er vergessen. Der Frau war er später begegnet. Wo, war ihm entfallen.

Im Untergeschoss des Torturms, quasi neben der Durchfahrt, befanden sich die Theaterkasse und die Kleiderständer für die Besucher. Bühne und Zuschauerraum lagen im Stockwerk darüber, das über eine steile Treppe zu erreichen war. Dort waren auch die Technik und die Garderobe für die Schauspieler untergebracht. Alles war auf engstem Raum angeordnet. Auf der Bühne fanden gerade mal zwei bis drei Schauspieler Platz. Der Zuschauerraum fasste maximal fünfzig Personen. Als Sitzplätze dienten ein paar Stufen, die mit Kissen bestückt waren.

Er stieg keuchend die Treppe hinauf und betrat die Garderobe. Er rang nach Luft, knipste das Licht an, ließ sich in einen der Sessel fallen und betrachtete sich im Spiegel. Wie oft musste er in solchen fensterlosen und muffigen Räumen zubringen, alle möglichen Kostüme überstreifen, sich schminken und pudern, mit Hilfe von Perücken, Bärten und Brillen in irgendwelche Rollen verwandeln lassen. Vor allem die tägliche Verwendung von Kosmetika hatte seiner Haut mehr und mehr zu schaffen gemacht. Es grenzte fast an ein Wunder, dass er im Alter von allzu vielen Falten verschont geblieben war. Die Frage, inwieweit ihm giftige Substanzen irreparable Schäden zugefügt, vielleicht sogar zu seiner Krankheit beigetragen hatten, konnte er nicht beantworten. Er wusste lediglich, dass das Gesundheitsbewusstsein nach dem Krieg nicht sonderlich ausgeprägt war.

Er betrat die Bühne, schaltete auch hier die Beleuchtung ein, schaute sich die für die Abendveranstaltung bestimmte Dekoration an. Das angekündigte Stück kannte er nicht. Dem Programmheft zufolge handelte es sich um den neuesten Einakter eines zeitgenössischen englischen Autors.

Er schlüpfte ein zweites Mal in die Rolle des Orest, zitierte weitere Passagen aus Goethes Text und ließ sich vom unpassenden Bühnenbild nicht ablenken. Er spielte den vertrauten Part mit voller Hingabe, zeigte die ganze Leidenschaft seiner Schauspielerseele. Sein Auftritt vor leeren Rängen schien ihm nicht bewusst zu sein. Er verbeugte sich sogar mehrmals. Es verging einige Zeit, bis er wieder auf dem Boden der Tatsachen angekommen war.

Der Zustand hielt allerdings nicht lange an. Es fiel ihm sichtlich schwer, von der Faszination des Theaters die Finger zu lassen. Die Bretter, die die Welt bedeuteten, liebte er zu sehr, um einfach aufzugeben. Zudem schien ihm entgangen zu sein, von seinem Traumberuf längst Abschied genommen zu haben. Und schon verwandelte er sich in die nächste Figur – die des Dieners Jean. Strindbergs Kammerspiel FRÄULEIN JULIE war ihm noch geläufig, ebenso die Charaktere der drei handelnden Personen: der hochmütigen und mannstollen Grafentochter Julie, des wankelmütigen Dieners Jean und der Köchin Christel, der Verlobten von Jean.

Beim Mittsommernachtsfest des Gesindes im Grafenschloss ver-
führte Julie den Diener Jean, der trotz seines Hasses gegen den herr-
schenden Adel schwach wurde. Nach dem Zwischenfall schlug er Julie
vor, mit ihr ins Ausland zu fliehen. Die sich erniedrigt fühlende
Komtesse wollte jedoch nicht mehr weiterleben. Christel konnte den
Seitensprung ihres Verlobten zwar verzeihen, nicht aber den Um-
stand, dass sich die Grafentochter mit ihrem Diener eingelassen hatte.
Sie quittierte ihren Dienst. Jean hingegen kostete seinen Triumph über
die Adlige aus und trieb sie in den Selbstmord.

Er rezitierte ziemlich laut. Die Putzfrau eilte die Treppe
hinauf, um zu sehen, was passiert war. Fassungslos starrte
sie auf den Fremden, der auf der in mattes Licht getauchten
Bühne gestikulierte. Sie schüttelte ein paar Mal den Kopf,
wollte nicht wahrhaben, was sich da vor ihren Augen ab-
spielte. Dann rannte sie die Treppe wieder hinunter.

Erst in diesem Augenblick kam er endgültig zur Besin-
nung. Er hatte sich wieder einmal zuviel zugemutet, musste
wenigstens ein paar Minuten verschnaufen. Er wechselte
von der Bühne in den Zuschauerraum, tastete sich im
Halbdunkel zur hintersten Sitzreihe vor und ließ sich auf
einem der Kissen nieder. Nun fühlte er sich als Teil des
Publikums, sah sich in Gedanken als Mime dort oben stehen. Er hockte eine Weile regungslos auf seinem Platz,
träumte vor sich hin, griff sich zwischendurch an die Brust
und atmete dabei tief ein und aus.

Die Putzfrau tauchte ein zweites Mal auf. Sie sei jetzt
mit ihrer Arbeit fertig und wolle heimgehen. Er möge das
Theater bitteschön verlassen. Sie müsse schließlich die

Eingangstür versperren. Dann ging sie nach hinten, löschte erst in der Garderobe und dann auf der Bühne das Licht.

Widerwillig erhob er sich, bewegte sich vorsichtig durch den unbeleuchteten Raum und folgte der Frau über die Treppe nach unten.

Als er draußen war, schaltete sie auch die Lampen im Untergeschoss aus, schloss die Eingangstür hinter sich zu und verschwand wortlos.

Nicht nur ER hatte in den beiden Stücken geglänzt. Auch seine Partnerin trug wesentlich zum Erfolg bei. Als Iphigenie und Fräulein Julie spielte sie die Titelrollen, brillierte mit ihrer persönlichen Ausstrahlung in einer Weise, die ihn geradezu faszinierte. Er verehrte seine Partnerin nicht nur, er hatte sich in sie verliebt. Insofern konnte er den misslungenen Versuch, mit der schönen Angelika eine Verbindung einzugehen, verschmerzen.

Er sah die Kollegin noch deutlich vor sich. Ihre würdevollen Bewegungen als Iphigenie und ihre wohlklingende Stimme in den Dialogen mit König Thoas und ihm als Orest verliehen der Tochter Agamemnons ein besonderes Charisma. Welch ein Kontrast zu der hochmütigen Julie, die sie erst als verführerische und dann als gebrochene Person darstellte, ihr in den Dialogen mit ihm als Diener Jean anfangs eine herrische, später eine verzweifelte Stimme lieh. Auch ihre Bewegungen passte sie gekonnt der jeweiligen Situation an.

Er machte sich auf den Weg zu ihrem Geburtshaus. Das Atmen fiel ihm schwer. Er legte immer wieder eine Pause ein. Schließlich stand er vor dem Weingut. Eine Mauer umgab das stattliche Anwesen, zu dem etliche Hektar Rebfläche und eine Probierstube gehörten. Er ging durch die geöffnete Toreinfahrt hindurch und betrat den weiträumigen Innenhof. Überall waren Kisten mit Leergut übereinander gestapelt, lagen Weinfässer nebeneinander aufgereiht. Ein Traktor mit Anhänger parkte auf dem Hof. Er orientierte sich in Richtung des alten Fachwerkhauses.

Ein Mann mittleren Alters kam aus dem Haus. Was er wünsche?

Er suche eine alte Kollegin, mit der er früher am Theater im Torturm gespielt habe. Sie habe hier in ihrem Elternhaus gelebt.

Der Mann lachte. Sie halte sich schon lange nicht mehr hier auf. Und ihre Eltern seien längst verstorben. Ihr Bruder, also sein Vater, habe das Weingut nach deren Tod übernommen. Aber der habe sich inzwischen zur Ruhe gesetzt. Jetzt trage er hier die Verantwortung.

Das habe er nicht gewusst. Ob er denn sagen könne, wo seine Tante zu finden sei.

Sie lebe seit Jahren in Österreich. Es tue ihm leid, dass er sich umsonst herbemüht habe.

In Österreich?

Ja. Sie habe noch ein paar Jahre am hiesigen Theater gespielt, sei dann aber aus Deutschland weggezogen. Sie habe ein lukratives Angebot von einer österreichischen Bühne bekommen. Seit etwa fünf Jahren genieße sie dort ihren Ruhestand. Mehr wisse er auch nicht.

Enttäuscht verabschiedete er sich. Ach, wenn er sie irgendwann doch einmal wiedersehe, könne er ihr wenigstens einen Gruß von ihm ausrichten.

Der Mann nickte.

Die Schwester

Der alte Mann saß im Bus. Er nahm die gleiche Strecke wieder zurück, die er gekommen war. Im Gegensatz zur Hinfahrt waren diesmal der Fahrer und Passagiere an Bord. Eine junge Frau mit zwei etwa fünfjährigen Buben saß im hinteren Teil. Er selbst nahm vorn Platz – unmittelbar hinter dem Fahrer.

Auf der Hinfahrt habe niemand am Steuer gesessen, sagte er zu dem Mann am Lenkrad.

Das sei nicht möglich, erwiderte der Fahrer und lachte. Das könne er nur geträumt haben.

Das sei kein Traum gewesen. Er leide doch nicht an Halluzinationen. Im Bus habe sich definitiv niemand aufgehalten – kein Fahrer und auch keine Fahrgäste.

Was solle er dazu sagen, meinte der Fahrer, der sich kurz zu ihm umschaute und ihn mitleidsvoll ansah. Er wisse nur, dass es bei den Verkehrsbetrieben keine führerlosen Busse gebe. In mancher Metropole seien zwar computergesteuerte U-Bahnen im Einsatz. Dieses Bild werde dort früher oder später zum Alltag gehören – um Personal zu sparen, verstehe sich. Aber hier in der Provinz sei das kein Thema.

Er schwieg jetzt lieber. Den Fahrer konnte er von seiner – zugegebenermaßen ungewöhnlichen – Geschichte nicht überzeugen. Darüber war er sich im Klaren. Er war sich aber auch dessen bewusst, dass er das alles nicht geträumt hatte. Und von Sinnen war er gleich gar nicht.

Im hinteren Teil tollten die beiden Bengels herum, rannten im Bus hin und her, sprangen zwischendurch mit den Schuhen auf die Sitzbänke und schrieen um die Wette. Die junge Frau – vermutlich die Mutter, vielleicht auch das Kindermädchen einer betuchten Familie – griff weder ein, noch ermahnte sie die zwei Burschen.

Dem Fahrer wurde es jetzt zu bunt. Er brüllte die beiden derart laut an, dass sie vor Schreck auf der letzten Bank Platz nahmen. Noch ein einziges Mal, sagte er, und er halte an, packe sie am Schlafittchen und setze sie an die frische Luft. Was sei das bloß für eine Erziehung. Früher habe es was hinter die Löffel gegeben. Heute könne jedes Balg machen, was es wolle. Antiautoritär nenne man diesen Schwachsinn.

Auch ER hatte die beiden auf dem Kieker, streckten sie ihm doch ein paar Mal die Zunge heraus. So aber war er froh, dass ihnen der Fahrer ordentlich die Leviten gelesen hatte.

Der Bus erreichte den Bahnhof. Dort war er drei Tage zuvor der gaffenden Menge entkommen. Diesmal tat sich nichts. Er verließ das öffentliche Verkehrsmittel mit den beiden Koffern und stieg in eine der bereitstehenden Taxen. Er hatte sich bei seiner Schwester telefonisch angemeldet. Die recht betagte Droschke brachte ihn auf Umwegen an sein Ziel. Der Fahrer konnte nicht ahnen, dass er sich in der Stadt auskannte. Hier wurde er geboren. Hier stand sein Elternhaus, in dem seine Schwester bis heute lebte. Er klärte den Mann über die unnötige Extratour auf und zahlte nur den regulären Fahrpreis. Der Fahrer war derart konsterniert, dass er das abgezählte Geld der Not gehorchend ergriff und wutentbrannt davonfuhr.

Der Mime steckte schon damals in ihm. Er verkleidete sich gern, schlüpfte in alle möglichen Figuren, benutzte Tischdecken, Bettlaken und dergleichen als Gewänder, setzte Mützen und Hüte auf, schmierte sich Farbe ins Gesicht oder stülpte sich Masken über. Jedes Hilfsmittel war ihm recht: Lesebrille und Aktentasche des Vaters, Regenschirm und Handtasche der Mutter, Monokel und Krückstock des Großvaters mütterlicherseits.

Auch die Schulzeit konnte er nicht vergessen. Besonders der Chemieunterricht war in seinem Gedächtnis haften geblieben. Der Pauker war ein furchterregender Mann mit Sträflingsfrisur. Seine chemischen Experimente hatten es in sich, sorgten stets für Unruhe. Wenn es ordentlich stank, ließ er die Kollegen und Mitschüler daran teilhaben, deponierte die Chemikalie einfach im Treppenhaus. Und wenn es kräftig knallte, konnte er sicher sein, dass zumindest die Pädagogen vor Schreck in den Chemiesaal stürmten. Berüchtigt waren seine Prüfungen. Bei der Wahl eines Themas, über das die Pennäler sprechen sollten, wandte er eine ungewöhnliche Methode an: er stach mit einem Taschenmesser an einer beliebigen Stelle ins Lehrbuch und griff auf den geöffneten Seiten ein fettgedrucktes Wort heraus. Darüber mussten sie referieren. Das Ergebnis war stets eine Katastrophe.

Der Physikunterricht machte ihm hingegen Freude. Er interessierte sich für die Mechanik fester, flüssiger und gasförmiger Körper, für Optik, Magnetismus und Elektrizität. Vor allem die praktischen Anwendungsmöglichkeiten hatten es ihm angetan: in der Mechanik der Flaschenzug, die Waage, die Seilwinde, die hydraulische Presse, das Schwimmdock, das Barometer, das Manometer, die Luftpumpe und der Freiballon; in der Optik der Spiegel, der Fotoapparat, die

Brille, die Lupe, das Mikroskop und das Fernrohr; im Magnetismus der Magnet und der Kompass; in der Elektrizität die Glühlampe, der Akkumulator, das Bügeleisen, die Kochplatte, die Klingel, der Telegraph, das Telefon und das Mikrofon.

Die Schwester nahm ihn an der Haustür in Empfang. Sie umarmte ihn, wollte ihn gar nicht loslassen. Seine Frau sei wohl nicht mitgekommen?

Sie wisse doch, dass er seit Jahren geschieden sei. Erst jetzt bemerkte er ihre zunehmende Verwirrtheit.

Er müsse ihr verzeihen, wenn sie manches durcheinander bringe. Das liege am vielen Alleinsein.

Ihr Mann war schon vor langer Zeit an einem Herzinfarkt gestorben. Und ihr Sohn, der in seine Fußstapfen getreten, also Schauspieler geworden war, wohnte längst nicht mehr bei ihr. Er stand etwa hundert Kilometer entfernt auf einer Bühne, auf der er selbst aufgetreten war. Nun war sie ganz auf sich gestellt, kam mit vielen Dingen nicht mehr zurecht.

Er sehe krank aus, fuhr sie fort. Ihm fehle eine Frau, die sich um ihn kümmere. Er spiele immer nur Theater, achte kaum auf seine Gesundheit.

Er spiele längst kein Theater mehr.

Na und wenn schon. Dann rauche er eben zu viel.

Er rauche seit ein paar Jahren nicht mehr.

Sei ja auch egal. Auf jeden Fall werde sie ihn erst einmal aufpäppeln.

Das hatte er befürchtet. Als die Ältere versuchte sie ihn schon in jungen Jahren zu bemuttern. Er brauche nur etwas Ruhe, sagte er. Nicht mehr und nicht weniger. Ob er sich in seinem früheren Zimmer eine Stunde ausruhen könne? Die letzten Tage seien anstrengend gewesen. Die Reise habe ihn viel Kraft gekostet. Dass er schwerkrank war, verschwieg er.

Das Sofa stünde noch in seinem Zimmer. Er könne so lange schlafen und bei ihr bleiben, wie er wolle.

Er nickte, wusste aber, dass er es nur einen Tag bei ihr aushielt. Am nächsten Morgen wollte er weiterziehen. Er stieg mit letzter Kraft die steile Treppe hinauf, sah, dass sie die Wand mit Fotos im wahrsten Sinn des Wortes tapeziert hatte. Es waren lauter Schnappschüsse von ihrem Sohn und ihm – ausschließlich Theaterszenen. Wie sie an seine Aufnahmen gekommen war, konnte er sich nicht erklären.

Er betrat das Zimmer. Es sah noch so aus wie früher. Sie hatte nichts verändert. Alle Möbel standen an ihrem ursprünglichen Platz: das Bett; der Kleiderschrank, den sie immerhin leergeräumt hatte; das Regal mit seinen Büchern; der alte Sekretär, der ihm als Schreibtisch gedient hatte; der ovale Glastisch; und natürlich das Sofa. Allein die Spielsachen waren verschwunden. Sie benutzte den Raum offenbar nur als Gästezimmer, wobei außer ihrem Sohn und ihm kaum jemand über Nacht blieb. Er legte sich aufs Sofa und ließ seine Blicke einen Moment durch das Zimmer schweifen.

Das Dritte Reich war eines der dunkelsten Kapitel geblieben. Als Jugendlicher erlebte er die Pogromnacht, musste mit ansehen, wie Synagogen brannten, jüdische Geschäfte und Wohnhäuser zerstört, jüdische Bürger misshandelt und getötet wurden. Er begegnete überall Juden mit dem Judenstern auf der Kleidung, sah die Werbeplakate für den Hetzfilm JUD SÜß und wurde Zeuge von Bücherverbrennungen. Der Hass der Eltern auf die Nazis hatte ihn angesteckt. Die Hitlerjugend blieb ihm dennoch nicht erspart und mit ihr die perversen Ziele der NS-Erziehung: der deutsche Junge müsse rank und schlank sein, flink wie ein Windhund, zäh wie Leder und hart wie Kruppstahl. Der anschließende Krieg war ihm ein Greuel, zumal er zum Ende hin in den Volkssturm beordert wurde. Dort musste er als Flakhelfer dienen, war den Bomben der Alliierten hilflos ausgesetzt. Von den Vernichtungslagern und Massengräbern, den medizinischen Experimenten an KZ-Insassen, dem für Behinderte und unheilbar Kranke geltenden Euthanasieprogramm und der Zwangsverpflichtung von Fremdarbeitern erfuhr er erst nach dem Krieg. Den Anblick seiner in Trümmern liegenden Heimatstadt und den über die Stadt hereinbrechenden Flüchtlingsstrom hingegen konnte er bis heute nicht vergessen.

Wie die Eltern war auch ER heilfroh, als der Wahnsinn vorbei war, er endlich das Abitur machen konnte. Die Mutter hoffte nach wie vor, dass er als Physikprofessor Karriere machte. Anders der Vater, für den als Diplom-Ingenieur die praktische Anwendung der Physik im Vordergrund stand. Tote Materie müsse zum Leben erweckt werden, sagte er immer.

Die Schwester hatte sein Lieblingsgericht zubereitet – Sülze mit Bratkartoffeln. Es war lange her, dass er diese Speise bevorzugt aß. Längst hatten andere Schmankerl auf seinem Speiseplan gestanden, bei deren Genuss ihm das Wasser im Munde zusammengelaufen war. Doch seit seiner Krankheit gehörte diese Leidenschaft der Vergangenheit an.

Die ihn erneut quälenden Brustbeschwerden ließ er sich nicht anmerken. Er betrat das Esszimmer, das gleich neben der Küche lag, und setzte sich an den Tisch.

Ob er ein Glas Bier oder einen Silvaner zum Essen trinken wolle, fragte sie ihn.

Ein Glas Wasser wäre ihm lieber. Außerdem bevorzuge er inzwischen den Riesling.

Das könne sie ja nicht wissen.

Wie lange habe sie ihn nicht mehr gesehen?

O Gott! Vielleicht fünf Jahre? Oder seien es mehr? Sie habe ja meistens nur mit ihm telefoniert. Sie holte aus der Küche ein Glas Wasser. Dann kehrte sie dorthin zurück, um Sülze mit Zwiebeln und Bratkartoffeln auf zwei Teller zu verteilen.

Er nutzte die Gelegenheit, um unbeobachtet eine Tablette aus der Dose zu nehmen und mit dem Wasser hinunter zu schlucken.

Jetzt solle er sich erst einmal stärken, sagte sie, während sie die gefüllten Teller brachte und auf den Tisch stellte. Dann nahm sie die Bestecke aus dem Esszimmerschrank, legte sie daneben und wünschte ihm guten Appetit.

Er kostete von seinem einstigen Leibgericht. Es schmeckte in der Tat vorzüglich – wie in alten Zeiten. Innerhalb weniger Minuten hatte er den Teller geleert. Er war bass erstaunt, dass er die üppige Mahlzeit verdrückt, keinen einzigen Bissen übriggelassen hatte.

Ob er satt sei, fragte sie ihn. Er müsse ordentlich was auf die Rippen bekommen. Sonst falle er noch vom Fleisch.

Er habe genug gegessen. Sie sehe doch den leeren Teller. Und geschmeckt habe es ihm auch.

Ob er noch immer den Faust spiele? Das sei doch seine Paraderolle gewesen.

Wie komme sie denn jetzt darauf? Übrigens habe er noch nie den Faust, sondern immer nur den Mephisto gespielt. Und auf der Bühne stehe er längst nicht mehr.

Aber er habe doch selbst von seiner Abschiedstournee gesprochen.

Abschiedstour, korrigierte er sie und überlegte, wie er den Unterschied erklären sollte. Er wolle noch einmal alle seine Theater besuchen und ihren Ensembles endgültig adieu sagen. Aber er wolle nie wieder eine Rolle spielen und sich ein für allemal von der Bühne fernhalten. Letzteres sagte er, obwohl er wusste, dass er der Versuchung nur schwer widerstehen konnte.

Er tue gerade so, als habe sein letztes Stündlein geschlagen.

Nur auf der Bühne, beruhigte er sie. Wie es wirklich um ihn stand, behielt er für sich.

Er warf einen Blick in den Garten. Das grüne Fleckchen war nicht wiederzuerkennen, machte einen verwilderten Eindruck. Er begriff, dass seine Schwester mit der Gartenpflege überfordert war. Er setzte sich auf die alte Holzbank, die mit der Rückenlehne zur Hauswand hin ausgerichtet war. Über ihm rankte der Efeu in die Höhe, bedeckte einen Teil der Fassade. Er blickte auf das wuchernde Unkraut, aus dem nur noch die Obstbäume herausragten. Immerhin konnte er hier draußen die frische Luft genießen. Ein schwacher Wind wehte durch den Garten, erleichterte ihm das Atmen.

Für seinen Vater, den Diplom-Ingenieur, war es nur konsequent, wenn er mit seinem Sohn die alte steinerne Brücke über den Fluss betrat – nicht, um das Bauwerk mit seinen barocken Figuren zu bewundern oder den Blick auf die hoch oben thronende Festung zu richten. Vielmehr war es der historische Drehkran am ehemaligen Hafen und die neuzeitliche Kammerschleuse, die ihn in den Bann zogen. Dem Sohn erklärte er dann wie ein Dozent die Funktionen der beiden für die Schifffahrt so wichtigen Einrichtungen. Der alte Kran sei ein drehbarer Hebekran gewesen. Mit seiner Hilfe habe man schon damals schwere Güter bewegen, Schiffe be- und entladen können. Der lange Hals auf dem schwenkbaren Unterbau habe eine erstaunlich große Reichweite besessen. Die moderne Schleuse dagegen helfe den Schiffen heute, unterschiedlich hohe Wasserspiegel zu überwinden. Das Boot – meist sei es ein Frachtkahn – fahre in die geöffnete Kammer. Dieser Vorgang erfordere höchste Wachsamkeit. Danach werde das Schleusentor geschlossen. Bei der Schleusung zu Berg werde der Wasserstand in der Kammer erhöht, also dem Oberwasser angepasst. Bei der Schleusung zu Tal werde er auf das Niveau des Unterwassers herabgesenkt. Nach dem Öffnen des gegenüber liegenden Schleusentores verlasse das Schiff die Kammer wieder. Um seine Ausführungen praktisch zu untermauern, warteten die beiden manchmal stundenlang auf das Erscheinen eines Schiffes und blieben solange, bis der Schleusungsvorgang beendet war.

Alle Mühen des Vaters waren jedoch vergebens. Er hatte sich längst für den Beruf des Schauspielers entschieden. Dazu musste er in die Ferne schweifen, kam nur noch in den Semesterferien zu Besuch. Die von Weinbergen umgebene Stadt wusste er von nun an umso mehr zu schätzen, befand sich die Schauspielschule doch in einer von Kohle und Stahl geprägten Region. Er war jedesmal glücklich, wenn er nach der Heimkehr die barocke Residenz, den romanischen Dom und die

Festung – das Wahrzeichen der Stadt – wiedersah. Gleiches galt für die prächtigen Stadthäuser – die sogenannten Höfe. Und die gemütlichen Weinlokale mochte er gleich gar nicht mehr missen. Im Land von Kohle und Stahl gab es nur Bierkneipen.

Die Schwester bat ihn hereinzukommen. Sie hatte am Vortag Kuchen beim Bäcker besorgt und eben Kaffee gekocht. Der Tisch im Esszimmer war gedeckt.

Er kehrte dem Garten nur schweren Herzens den Rücken. Die frische Luft hatte ihm gutgetan. Er fragte sie, ob er sich mal die alten Fotos ansehen dürfe, ehe er sie morgen wieder verlasse.

Sie verstand den plötzlichen Sinneswandel nicht, kam seinem Wunsch aber nach und holte einen Stapel Alben aus dem Wohnzimmerschrank. Für die alten Aufnahmen hatte er sich bisher nie interessiert.

Sie nahmen am Tisch Platz, tranken Kaffee und aßen Kuchen und blätterten dabei in der Vergangenheit. Jetzt sah er noch einmal die Familie bis zurück zu den Großeltern, sich selbst als Baby, Kleinkind, Schüler, Hitlerjunge, Flakhelfer, Student und Schauspieler, die zerbombte Stadt, das Nachkriegselend, den Wiederaufbau und das Wirtschaftswunder. Um das Millennium herum endeten die Aufnahmen.

Der Aufstieg

Der alte Mann saß im Zug, fuhr diesmal in Richtung Westen. Seine Schwester hatte er noch einmal wiedergesehen. Das beruhigte ihn. Dabei war ihr Verhältnis zeit ihres Lebens eher angespannt. Als Kleinkinder ging es noch relativ friedlich zwischen ihnen zu. Äußerst angespannt wurde die Lage, als sich beide in der Pubertät befanden. Er entpuppte sich als Halbstarker, ließ die Muskeln spielen und wusste alles besser. Die drei Jahre ältere Schwester steckte in ihrer ersten Lebenskrise, wurde zickig und hatte Liebeskummer. Später, im fortgeschrittenen Alter, machte sie der Mutter Konkurrenz, umsorgte ihn von vorn bis hinten. Das nervte ihn gewaltig. Daran sollte sich während ihres Erwachsenendaseins nichts ändern. Nur der geografischen Ferne war es zu verdanken, dass er weitgehend davon verschont blieb.

Er war nicht allein im Abteil. Ihm gegenüber lümmelte sich ein junger Mann, der sich über einen Kopfhörer mit Musik beschallen ließ – soweit die einem Presslufthammer gleichenden Schläge als solche bezeichnet werden konnten. Trotz des Abstands wurden seine Ohren in Mitleidenschaft gezogen. Doch damit nicht genug. Der in Verzückung Geratene bewegte sich jetzt wie ein Traumtänzer nach den Rhythmen, geriet förmlich in Ekstase. In regelmäßigen Abständen trat er ihm gegen die nur geringfügig ausgestreckten Füße. Nachdem er zum wiederholten Mal attackiert worden war, riss ihm der Geduldsfaden. Er trat zurück. Der unsanft aus seinem lärmbedingten Koma Reanimierte fuhr zusammen, als hätte ihn der Blitz getroffen. Er selbst tat so, als wäre nichts geschehen.

Der junge Mann holte nun ein Handy aus seinem Rucksack. Er begann – wie von einer Tarantel gestochen – darauf herum zu tippen. Es war ihm rätselhaft, wie man gleichzeitig auf einem Handy Nachrichten schreiben und über einen Kopfhörer Musik hören konnte. Bei dieser Geräuschkulisse hätte er sich gar nicht konzentrieren können. Aber das, was der da von sich gab, war vermutlich belangloses Zeug. Und er fragte sich, wie die jungen Leute wohl früher zurechtgekommen waren, als es diese Art der Kommunikation noch nicht gegeben hatte.

Er ignorierte den jungen Mann, vermochte aber nicht abzuschalten. Stattdessen kam ihm eine frühere Bahnfahrt in den Sinn, die ihn in jene Großstadt geführt hatte, in die er eben unterwegs war. Er konnte sich nicht erklären, warum er ausgerechnet jetzt an diese Fahrt denken musste.

Im Abteil hatte ein älterer Herr gesessen, der in einer landesweit bekannten Zeitung las. Auf der ihm zugewandten Titelseite wurde vom Bau der Mauer berichtet. Neben dem Artikel war ein Foto abgedruckt. Es zeigte einen bewaffneten Mann in Uniform beim Sprung über ein Stück Stacheldraht, der die noch lückenhafte Grenze schützen sollte. Das Bild ging um die Welt. Ihm lief es damals kalt über den Rücken. Er wusste, was das für die Bürger auf der anderen Seite des Eisernen Vorhangs bedeutete. Und er fühlte sich erleichtert, diesseits der Grenze leben und arbeiten zu dürfen. Doch die Angst blieb. Der Kalte Krieg zwischen Ost und West strebte dem Höhepunkt zu, drohte zu eskalieren und in einer militärischen Auseinandersetzung zu enden.

Der Zug wurde langsamer, fuhr Schrittgeschwindigkeit. Entweder näherte er sich einer Baustelle oder wartete auf ein Signal zur Freigabe der Strecke. Die Sonne schien erbarmungslos durchs Fenster. Er zog den Vorhang zu. Der junge Mann starrte ihn an, sagte aber nichts. Keinen Blick mehr auf die Landschaft werfen zu können, dürfte ihn wohl kaum gestört haben. Schließlich war er die ganze Zeit mit elektronischer Plauderei beschäftigt. Aber irgendwie fühlte er sich übergangen. Er erhob sich, streifte seinen Rucksack über, öffnete die Glasschiebetür, trat auf den Gang hinaus, auf dem es diesmal gespenstisch ruhig zuging, und schloss die Tür wieder. Draußen blieb er am Fenster stehen, ohne auf sein Mitteilungsbedürfnis zu verzichten.

Am Großen Haus der Städtischen Bühnen hatte er außer dem Mackie Messer in Brechts DREIGROSCHENOPER eine Reihe weiterer Rollen verkörpert – unter anderem den Teufel in Grabbes SCHERZ, SATIRE, IRONIE UND TIEFERE BEDEUTUNG und den General Harras in Zuckmayers DES TEUFELS GENERAL.

Die Handlung von Grabbes Lustspiel war ihm noch geläufig, zumal der Schwerpunkt in der Charakterisierung der Figuren lag: des trinkfreudigen Schulmeisters; der drei um die schöne Lilly werbenden Männer wie dem auf ein gutes Brautgeld spekulierenden Bräutigam v. Wernthal, dem zu deren Entführung bereiten Freiherrn v. Mordax und dem als Retter auftretenden hässlichen Herrn Mollfels; des in Literatur unwissenden Dichters Rattengift; des Teufels, der sich mit List und Tücke in das Schloss des Barons v. Haldungen eingeschlichen hat; und des in Erscheinung tretenden Verfassers des Stückes.

Mit dem General Harras war ihm ein anderes Kaliber übertragen worden, dessen Dialoge er ebenfalls nicht vergessen hatte: mit dem Industriellen Siegbert von Mohrungen, der Operettendiva Olivia Geiß, dem Fliegerleutnant Hartmann, dem SS-Bonzen Dr. Schmidt-Lausitz, der Geliebten Diddo Geiß, der Erpresserin Pützchen, dem Chefingenieur Oderbruch und der Witwe Anne des abgestürzten Fliegers Friedrich Eilers.

Das Drama lag ihm besonders am Herzen, weil er persönlich von den Nazis missbraucht worden war – in der Hitlerjugend und im Volkssturm. Was ihn beeindruckte, war der Versuch des Autors, sich mit zwei grundsätzlichen Fragen auseinanderzusetzen: Gibt es ein moralisches Recht, ja sogar die Pflicht, Widerstand gegen ein Verbrecherregime zu leisten? Und welche Schuld lädt eine Persönlichkeit wie General Harras auf sich, wenn sie sich mit ihren außergewöhnlichen Fähigkeiten dem verhassten Regime zur Verfügung stellt?

Der Zug blieb stehen. Er hoffte, dass auf den Gleisen nichts passiert war. Bei einer seiner Reisen in die besagte Großstadt musste der Zug unterwegs anhalten. Die Fahrgäste wurden aus den Waggons geholt und mit Omnibussen weiterbefördert. Ein Lebensmüder hatte sich vor die Lok geworfen, war, wie er später erfuhr, in Stücke gerissen worden. Der Schock muss für den Zugführer gewaltig, der Anblick für die Rettungskräfte furchtbar gewesen sein. Er selbst hatte – wie alle Reisenden – von dem Unglück nichts mitbekommen.

Er dachte manchmal selbst über einen Suizid nach. Er wusste, dass es keine Hilfe mehr für ihn gab, seine Lebenserwartung nur noch in Tagen oder allenfalls Wochen gemessen werden konnte. Aber rechtfertigte das eine Selbstinszenierung des eigenen Todes? Es schauderte ihn vor dem Gedanken, von einer Lokomotive in seine Bestandteile zerlegt zu werden – abgesehen von der seelischen Verstümmelung der Helfer. Er ergab sich lieber in sein Schicksal, wollte seinem Schöpfer nicht ins Handwerk pfuschen.

Diesmal war nichts geschehen. Der Zug setzte sich wieder in Bewegung. Dafür hatten die Schmerzen in der Brust erneut Besitz von ihm ergriffen. Auch das Atmen fiel ihm schwer. Er vergewisserte sich, dass der auf dem Gang ausharrende Allrounder nach wie vor seinem Mitteilungsbedürfnis frönte, anstatt ihn zu beobachten. Er nahm eine Tablette aus der Dose und spülte sie mit einem Schluck Wasser hinunter.

Viele seiner Kollegen und Kolleginnen, mit denen er im Großen Haus der Städtischen Bühnen aufgetreten war, gingen ihm nicht aus dem Kopf. Insbesondere seinen häufigsten Partner, der zudem sein bester Freund geworden war, konnte er nicht vergessen. Mit ihm hatte er noch viele Jahre telefonisch Kontakt gehabt, bis dieser schlagartig abbrach.

Er hatte ihn noch deutlich vor Augen: als Sheriff Tiger-Brown in Brechts DREIGROSCHENOPER, als Baron v. Haldungen in Grabbes SCHERZ, SATIRE, IRONIE UND TIEFERE BEDEUTUNG und nicht zuletzt als SS-Bonze Dr. Schmidt-Lausitz in Zuckmayers DES TEUFELS GENERAL. Seine Wandlungsfähigkeit war beeindruckend. Komödianten konnte er ebenso überzeugend darstellen wie tragische Helden oder Bösewichte. In dieser Hinsicht verfügten sie beide über ein seltenes Talent. In der Beherrschung von Mimik und Gestik, aber auch im Zelebrieren der Sprache und deren Nuancen besaßen sie große Ähnlichkeit.

An seiner früheren Adresse war der Freund längst nicht mehr er-
reichbar. Er hoffte, wenigstens vor Ort herauszufinden, wo er sich
aufhielt. Von den Behörden bekam er keine Auskunft – aus Daten-
schutzgründen, wie es hieß. Die Bürokraten fühlten sich in der Rolle
der Datenhüter sichtlich wohl. Vielleicht wurde er in der Kneipensze-
ne fündig. Er erinnerte sich an ein Lokal, in dem bevorzugt Künstler
verkehrten: Schriftsteller, Theaterleute, Maler, Bildhauer, Sänger,
Musiker.

Hallo! weckte ihn eine Stimme. Es war der Schaffner.
Mit seinem vollmondähnlichen Gesicht hatte er sich über
ihn gebeugt und ihm einen ordentlichen Schreck eingejagt.
Noch reichlich schlaftrunken zeigte er seine Fahrkarte. Die
interessierte den Mann in Eisenbahneruniform aber nicht.
Er müsse gleich aussteigen, sagte er nur. Der Zug fahre
jeden Moment in den Hauptbahnhof ein. Er war leicht
durcheinander. Warum prüfte er nicht seine Fahrkarte?
Und woher kannte der Bahnmitarbeiter sein Ziel?

Der Zug hielt. Er holte die beiden Koffer aus dem Gepäcknetz und verließ den Waggon. Der mit Rucksack,
Kopfhörer und Handy bewaffnete Kommunikationskünst-
ler war bereits verschwunden, als ihn der Schaffner geweckt
hatte.

Auf dem Bahnsteig verschlug es ihm die Sprache. Eine
riesige Menschenmenge empfing ihn mit einem nicht enden
wollenden Applaus. Er blickte auf die Wagentür hinter sich,
glaubte an den Auftritt eines nach ihm aussteigenden Poli-
tikers. So kurz vor den Bundestagswahlen waren die Abge-
ordneten aus ihrer Lethargie erwacht, befanden sich auf
Wahlkampftour, um den Leuten Dinge zu versprechen, die

sie nach ihrer Wiederwahl nicht halten konnten oder wollten. Doch nichts dergleichen geschah. Ihre Blicke waren tatsächlich auf ihn gerichtet. Und je länger sie klatschten, desto häufiger riefen sie im Stakkato HDM. Er blieb wie zu einer Salzsäule erstarrt stehen. Dann riss er sich zusammen, reckte triumphal beide Arme in die Höhe, grüßte das Empfangskomitee wie ein Politiker nach der Kanzlerwahl, ein Sportler nach dem Olympiasieg oder ein Wissenschaftler nach der Nobelpreisverleihung. Erst allmählich gelang es ihm, sich im Rückwärtsgang Schritt für Schritt zurückzuziehen.

Vor dem Bahnhofsgebäude winkte ihm ein Taxifahrer zu. Er werde schon erwartet, sagte der Mann, nahm ihm das Gepäck ab und verstaute es im Kofferraum des Wagens. Dann fuhr er mit ihm davon. Er sei lange weggewesen. Die ganze Region freue sich auf seine Rückkehr – und natürlich darüber, dass er noch einmal auftreten werde.

Wie komme er dazu, dass er auftreten werde?

Es stehe doch in allen Zeitungen.

Das höre er zum ersten Mal. Die Zeiten, als er den Städtischen Bühnen als Darsteller zur Verfügung gestanden habe, seien ein für allemal vorbei.

Man erwarte ihn aber im Großen Haus. Das Theater sei ausverkauft.

Woher wisse er das nun wieder?

Das stehe auch in allen Zeitungen.

Das sei unmöglich. Er sei ja gar nicht darauf vorbereitet. Wer habe sich denn diesen Unsinn ausgedacht?

Der Mann schwieg.

Er schüttelte ungläubig den Kopf. Und ehe er registrieren konnte, in welch prekärer Situation er sich befand, hielt der Mann vor einem Luxushotel des nahen Kurortes. Er erkundigte sich nach dem Fahrpreis.

Die Rechnung sei bereits beglichen, antwortete der Mann, stieg aus und hievte die Gepäckstücke aus dem Kofferraum.

Ein Page eilte aus dem Hotel, verbeugte sich artig, ergriff die beiden Koffer und verschwand in der Eingangshalle.

Der Taxifahrer wünschte ihm viel Erfolg, nahm Haltung an und verabschiedete sich mit einer Verbeugung. Dann sprang er in den Wagen und brauste davon.

Erst an der Rezeption dachte er darüber nach, woher der Mann sein Ziel kannte. Er hatte weder den Ort noch ein Hotel erwähnt. Was zum Teufel war hier los?

Der Empfangschef überreichte ihm unaufgefordert den Zimmerschlüssel mit der Nummer einhundertundelf. Er wünsche dem Gast einen angenehmen Aufenthalt. Und falls er etwas benötige – ein kurzer Anruf genüge.

Er wollte eben den Fahrstuhl benutzen, als ein Mann mit Halbglatze und Kinnbart die Eingangshalle betrat, sich kurz umschaute und ihn erblickte. Der fast zwei Meter große Hüne kam keuchend auf ihn zu, hatte scheinbar noch größere Atemprobleme als er. Mensch, HDM! rief er ihm auf halbem Weg zu. Er hatte den Mann gleich erkannt. Es war sein früherer Intendant. Sekunden später standen sie sich gegenüber und begrüßten sich. Sie musterten sich gegenseitig und lachten. Sie stellten fest, dass sie zwar älter geworden, aber immer noch die Alten waren.

Wie schön, dass er seiner Einladung gefolgt sei, sagte der Mann.

Welcher Einladung?

Na, er habe ihm doch eine Einladung zukommen lassen. Bei den Städtischen Bühnen habe man sich etwas Außergewöhnliches einfallen lassen – Theatertage mit großen Schauspielern, die einst hier aufgetreten seien. Und da habe er selbstverständlich auch an ihn gedacht.

Er habe keine Einladung erhalten.

Das könne doch nicht sein. Er habe ihn fest eingeplant. Seine Karriere habe er all die Jahre verfolgt. Er sei insbesondere von seinem Mephisto begeistert gewesen. Deshalb solle ER den Part im FAUST übernehmen.

Das könne er nicht. Es tue ihm aufrichtig leid. Es sei schließlich lange her, dass er den Mephisto gespielt habe. Und unvorbereitet könne er die Rolle nicht übernehmen. Das müsse er verstehen.

Er solle erst einmal darüber schlafen, meinte der Mann und klopfte ihm auf die Schulter. Die Aufführung sei ja erst in zwei Tagen. Er werde sich morgen früh bei ihm melden. Dann verabschiedete er sich und eilte davon.

Er fand keine Worte. Was erwartete sein früherer Prinzipal von ihm? Dass er ohne Probe so mir nichts, dir nichts auf die Bühne trat und den Mephisto spielte? Natürlich war es seine Paraderolle gewesen. Die gedruckten Medien hatten sich vor lauter Begeisterung die Auflagen streitig gemacht. Aber das war lange her. Am liebsten hätte er laut geschrien, um seinem Unmut freien Lauf zu lassen.

Obwohl sich sein Zimmer nur eine Etage höher befand und sein Gepäck bereits nach oben gebracht worden war, nahm er den Aufzug. Das Treppensteigen war einfach zu beschwerlich. Oben angekommen, fand er sein Zimmer auf Anhieb. Er öffnete die Tür und betrat den Raum. Er mochte es kaum glauben. Man hatte ihm kein Zimmer, sondern eine Suite zur Verfügung gestellt. Das Interieur war vom Feinsten. Aber wer bezahlte das alles? Er griff zum Telefon. Der Empfangschef hatte ihm gesagt, ein Anruf genüge, falls er etwas benötige. Er wählte die Nummer der Rezeption.

Ja bitte, meldete sich eine Stimme am anderen Ende der Leitung.

Er habe ein Zimmer bestellt und keine Suite.

Die Suite habe die Theaterdirektion für ihn reserviert.

Die sei aber viel zu teuer. Er sei doch kein Millionär.

Die sei längst bezahlt, beruhigte ihn die Stimme. Er logiere hier als Gast der Städtischen Bühnen.

Das sei sehr nobel. Aber er könne die Einladung nicht annehmen. Aus seinem erwarteten Auftritt werde nämlich nichts.

Das tue nichts zur Sache, meinte die Stimme und wünschte ihm noch einen angenehmen Aufenthalt. Dann brach die Verbindung ab.

Er ließ sich in einen der schweren Sessel fallen. Er war perplex. War er hierzulande wirklich unvergessen geblieben? Und erwartete das Publikum in der Tat seinen Auftritt auf der Bühne des Großen Hauses? Wie sollte er das anstellen – ohne eine einzige Probe? Er konnte das Angebot beim besten Willen nicht annehmen. Sein Herz pochte vor Aufregung. Sein Blut gefror fast in den Adern.

*

Auf dem Weg zum Bahnhof warf er einen Blick auf den riesigen Betonklotz, in dem er ein Appartement gemietet hatte. Er blickte zum Balkon im sechsten Stock hinauf, der wie alle anderen einem schmiedeeisernen Käfig glich. Dort oben hatte er nach mancher Vorstellung wie ein gefangener Vogel in die Ferne gestarrt – unter ihm die Lichter des Kurortes, über ihm der eher selten klare Sternenhimmel. Seinen Nachbarn war er nie begegnet. In der Anonymität der seelenlosen Wohnanlage kannte keiner den anderen, verkroch sich jeder in seinen eigenen vier Wänden. Nur dem Hausmeister war er ab und zu über den Weg gelaufen, sah ihn jedesmal in voller Montur, wenn er irgendwo eine Reparatur durchführen musste.

Am Bahnhof bestieg er die Regionalbahn. In dem mit verschwitzten Fahrgästen vollgepferchten Waggon fand er nur rein zufällig einen freien Platz, weil ein junger Mann seine gute Kinderstube nicht vergessen hatte. Im hinteren Teil vernahm er die Stimmen zweier Rüpel, die Passagiere anpöbelten. Sie schienen alkoholisiert zu sein. Klugerweise ließ sich niemand mit ihnen ein.

Ein ihm gegenüber sitzender Fahrgast, ein Kraftprotz von einem Kerl, äußerte sich als einziger abfällig über die beiden. Man dürfe sich in diesem Land ja nicht mal wehren, sagte er. Käme zum Beispiel einer der beiden auf den Gedanken, ihn mit einem Messer zu bedrohen, wäre es durchaus möglich, dass er ihm den Schädel einschlüge. Aber dann stünde so ein idiotischer Paragraphenheini auf der Matte und brächte ihm eine Anzeige wegen Totschlag ins

Haus. Diese Sesselfurzer seien doch nur auf das Recht des Täters fixiert. Das Opfer habe hierzulande keine Lobby.

Im Waggon war es jetzt mucksmäuschenstill. Alle Anwesenden hatten der nicht zu überhörenden Stimme gelauscht. Auch die beiden Rüpel hatten jedes Wort mitbekommen, hielten sich aber auffallend zurück – wohl in der Angst, von dem kräftigen Kerl tatsächlich verprügelt zu werden. Nach einigen Kilometern äußerster Anspannung war der Spuk vorbei, lief der Zug in den Hauptbahnhof ein. Die Leute stiegen der Reihe nach aus, darunter auch der Kraftprotz und er. Die beiden Trunkenbolde hatten sich unbemerkt aus dem Staub gemacht.

In der Altstadt hatte er sich gern aufgehalten, wenn er nicht gerade im benachbarten Kurort weilte. Vom historischen Viertel war nach dem Zweiten Weltkrieg nicht viel übriggeblieben. Nur wenige Gebäude wie der Dom, das Rathaus und die Rundkirche erstrahlten in neuem Glanz. Der Dom, eine gotische Kathedrale, war immerhin für lange Zeit Wahl- und Krönungskirche deutscher Kaiser und Könige. Im historischen Rathaus mit seinen Innenhöfen wurden die im Dom gewählten und gekrönten Häupter anschließend samt ihrem Gefolge empfangen. Die im klassizistischen Stil errichtete Rundkirche diente vorübergehend sogar als Sitz der Nationalversammlung.

Sein Lieblingsplatz war die alte Fußgängerbrücke über den Fluss gewesen, der an dieser Stelle recht breit war und die Stadt in zwei Teile spaltete. Auf dem Laufsteg der Stahlkonstruktion konnte er oft stundenlang die unter ihm hindurch fahrenden Ausflugsdampfer und Lastkähne beobachten. Nicht selten packte ihn dann das Fernweh.

Auch an diesem Tag postierte er sich auf der Brücke und blickte in Abständen in die Tiefe. Passanten mussten Verdacht geschöpft und Rettungskräfte alarmiert haben. Denn schon bald verwandelte sich das Altstadtufer in ein Heerlager, hielten sich Polizisten und Taucher für alle Fälle einsatzbereit. Gebannt sahen sie zur Brücke hinauf – wohl im Glauben, der alte Mann wollte sich ins Wasser stürzen.

Dabei führte er nichts dergleichen im Schilde. Er überlegte zwar, ob diese Art zu sterben eine Alternative zu anderen Methoden war – zumal er nicht schwimmen konnte und untergegangen wäre. Auch für die Suchtrupps wäre der Anblick einer Wasserleiche nicht so schrecklich gewesen wie der von einer Lokomotive zerstückelte Körper. Doch dann verwarf er den Gedanken, wollte den Zeitpunkt seines irdischen Abgangs Gott überlassen.

Er blickte ein letztes Mal auf den Fluß. Dann verließ er – als wäre nichts geschehen – die Brücke auf der gegenüberliegenden Seite, wo sich Gaffer zusammengerottet hatten. Kaum war er aus dem Blickfeld der Rettungskräfte verschwunden, löste sich der Katastrophenstab auf, zogen sich die Uniformierten ebenso wie die Froschmänner zurück.

*

An der Rezeption fragte er, ob jemand eine Nachricht für ihn hinterlassen habe.

Der Empfangschef warf einen Blick in eines der am Schlüsselbrett eingelassenen Postfächer und schüttelte den

Kopf. Nein, antwortete er und nahm den Zimmerschlüssel entgegen.

Und angesprochen habe ihn auch niemand?

Nein.

Auch nicht einen seiner Kollegen?

Der Mann wandte sich an das übrige Personal, das anderweitig beschäftigt war. Ob jemand von ihnen eine Nachricht für den Gast entgegengenommen habe, fragte er etwas lauter.

Alle schüttelten den Kopf.

Nein, es tue ihm leid. Wie er sehe, wisse niemand etwas von einer Nachricht.

Sein früherer Intendant hatte es sich offenbar anders überlegt. Umso besser, dachte er. So blieb ihm der Auftritt als Mephisto erspart. Erleichtert verließ er das Hotel.

Durch den Kurpark ging er früher häufig spazieren, setzte sich dann auf irgendeine Bank und lernte seinen Text. An diesem herrlichen Morgen schien ihn sogar die Tierwelt zu verfolgen. Die Vögel flogen hinter ihm her, landeten hin und wieder vor seinen Füßen und hüpften um ihn herum, als wollten sie ihn willkommen heißen. Die Schmetterlinge flatterten aufgeregt vor ihm her, als meinten sie, ihm den Weg weisen zu müssen. Und die Eichhörnchen sprangen von Baum zu Baum, von Ast zu Ast, als wollten sie ihre Freude über den Spätheimkehrer zum Ausdruck bringen.

Die mitten im Park gelegene Gaststätte existierte noch. Erfahrungsgemäß lag sie zu dieser Tageszeit im Dornröschenschlaf. Doch diesmal schien alles anders zu sein. Vor dem Eingang war ein roter Teppich ausgerollt. Und auf den

Treppenstufen stand ein Ober. Der klapperdürre Mann war nicht gerade ein Beweis für lukullische Küche. Und sein Langeweile ausstrahlendes Gesicht deutete an, bei der Gästebewirtung eher eine ruhige Kugel zu schieben. Er sei willkommen, rief ihm dieser zu. Man werde ihn kostenlos bewirten. Er hielt das Ganze für faulen Zauber. Ohne sich weiter um die Bohnenstange zu kümmern, setzte er seinen Weg durch den Park fort. Das laute Fluchen des vergeblich um Gäste werbenden Kellners war noch in hundert Meter Entfernung zu hören.

Die gepflegte Anlage verfügte über eine Reihe von Sehenswürdigkeiten: Denkmäler, die an berühmte Persönlichkeiten erinnerten; Brunnen, deren Quellen große Heilkraft besaßen; Schenkungen, mit denen sich vermögende Kurgäste für ihre Genesung bedankten; ein Badehaus aus wilhelminischer Zeit, das noch das einstige Flair ausstrahlte; und eine Spielbank, die Arme reich und Reiche arm machen konnte.

Beim Anblick der Denkmäler wurde die Sehnsucht in ihm geweckt, selbst einmal auf einem Sockel verewigt zu sein – zum Beispiel in Gestalt Mephistos. Dann stünden andere vor ihm, schauten noch Jahrhunderte nach seinem Tod zu ihm hinauf. Doch so recht daran glauben mochte er nicht.

Die künstlerisch gestalteten Brunnen brachte er nicht mit sich in Verbindung. Sie waren zwar schön anzusehen, für ihn persönlich aber bedeutungslos. Die Heilkraft ihrer Quellen war für Kurgäste von Nutzen, die an Magen-, Darm-, Leber- und Gallenerkrankungen litten.

Aus der russischen Kapelle kamen drei orthodoxe Priester heraus, gingen mit bedächtigen Schritten auf ihn zu, murmelten ein endlos langes Gebet vor sich hin und erteilten ihm mit einem das Kreuz symbolisierenden Handzeichen den kirchlichen Segen. Was wollten sie von ihm? Galt die Zeremonie seinem bevorstehenden Ableben? Sollte ihm auf dem Weg ins Jenseits himmlischer Beistand garantiert werden? Oder erwarteten die Patres nur ein Opfer von ihm? Er sah sie ratlos an. Weil er nicht reagierte, verneigten sie sich mehrmals und kehrten mit feierlichem Pathos in die Kapelle zurück.

Im siamesischen Tempel war das Interesse ebenfalls auf ihn gerichtet. Ein paar auf dem Boden hockende buddhistische Mönche erhoben sich, näherten sich ihm und bildeten schließlich einen Kreis um ihn herum. Sie nickten ständig mit den Köpfen, schienen ihn mit der Monotonie ihrer vor sich hin gedudelten Gebete einlullen zu wollen. Verfolgten sie mit ihren Attacken ähnliche Ziele wie die orthodoxen Priester? Weil er auch diesmal untätig blieb, entließen sie ihn aus ihrer Umklammerung.

Er suchte das Weite, legte in sicherer Entfernung eine Verschnaufpause ein und wagte einen Blick zurück. Er rieb sich verwundert die Augen. Kapelle und Tempel wirkten jetzt, als hatte es die Auftritte der Geistlichen nie gegeben.

Das Badehaus war geöffnet. Er ging hinein. Überall sah er splitternackte Gestalten. Den natürlichen Kohlensäure- und Mineralbädern entstiegen alte Männer mit behaarter Brust und dickem Bauch. Sie stellten ungeniert ihr Geschlechtsteil zur Schau. Er fühlte sich in die griechische Götterwelt versetzt – nur mit dem Unterschied, dass deren hüllenlose Statuen wesentlich ansehnlicher waren. In der Moorbade- und Tonschlammabteilung kletterten Frauen mittleren Alters in die Becken und Wannen. Auch sie scheuten nicht davor zurück, sich in ihrem Evaskostüm zu präsentieren. Sie reckten ihm entweder die prallen Brüste oder das ausgeprägte Hinterteil entgegen.

Er geriet in Panik, stürzte Hals über Kopf aus dem Gebäude. Nach Luft japsend hockte er sich auf eine Bank. Trotz des im Kurpark reichlich vorhandenen Sauerstoffs fiel ihm das Atmen schwer. Auch die Schmerzen in der Brust piesackten ihn erneut, als wollten sie ihn zur Aufgabe zwingen. Doch die Folterversuche waren vergeblich. An der Durchführung seiner Abschiedstour ließ er keinen Zweifel aufkommen.

Er stattete der Spielbank einen Besuch ab, betrat das Mekka der Gewinner und Verlierer, musste sich an der Pforte ausweisen. Dann schlenderte er von einem Tisch zum andern. Da saßen die Spielsüchtigen, die sich in Schale geworfen hatten und auf den großen Wurf hofften. Die einen spielten Roulette: setzten auf Zahlen oder einfache Chancen wie Rot und Schwarz; warteten auf die Meldung RIEN NE VA PLUS des Croupiers; hofften, dass die Kugel in einem der Kästchen auf der Drehscheibe liegenblieb. Die anderen vergnügten sich mit Kartenspielen wie Black Jack oder Poker, versuchten bei letzterem mit dem sprichwörtlichen Pokerface und möglichst viel Bluff den Ausgang der Partie zu beeinflussen. Und der Rest der Glücksritter saß vor Automaten, warf immer wieder Münzen ein, drückte zwischendurch irgendwelche Tasten und wartete darauf, dass es im Geldausgabeschacht ordentlich schepperte. Er mochte nicht glauben, dass Leute riesige Summen verspielten und selbst nach hohen Verlusten nicht aufhören konnten. Und es war ihm gänzlich suspekt, dass mancher gar Haus und Hof versetzte, seine Familie und sich selbst in den Ruin trieb.

*

Er warf den Kostümkoffer aufs Bett, öffnete ihn, holte die Kleidung des Mackie Messer heraus und legte die Einzelstücke nebeneinander. Er zog wie immer, wenn er sich in eine Figur hineinversetzte, seine persönlichen Sachen aus, streifte das schwarze Hemd über, zwängte sich in die schwarze Hose, schlüpfte in die schwarzen Schuhe mit den weißen Gamaschen, steckte ein weißes Seidentuch in die Brusttasche des Hemdes, setzte eine mit kurz geschorenen schwarzen Haaren versehene Perücke auf und verbarg die Hände in weißen Handschuhen.

Er erhob sich und stellte sich vor den Spiegel, der diesmal keinen Goldrand besaß, dafür aber eine ganze Wand einnahm. Er mimte den Ganoven, lief mehrmals auf und ab, führte den einen oder anderen Dialog mit Polly, der Tochter des Bettlerkönigs Peachum, dem Sheriff Tiger-Brown, dessen Tochter Lucy sowie der Spelunken-Jenny.

Die zynische Gesellschaftskritik Brechts gefiel ihm. Er fand sie gar nicht so abwegig, glorifizierte sie doch zu Recht die schlechte Moral. Denn erst die Skrupellosigkeit mancher Bürger, ihre Gier nach Macht und Geld, machte labile Charaktere zu Kriminellen. Brechts Husarenstreich bestand in der geschickten Verlegung der ironischen

Geschichte in ein romantisch anmutendes Bettler-, Räuber- und Hurenmilieu.

Den Mackie Messer spielte er mit Leib und Seele. Nur den Applaus vermisste er. Der Beifall war es, der den Schauspieler für seine Mühen entschädigte, der für seine Arbeit so unverzichtbar war wie Wasser und Brot zum Überleben.

Er beschränkte sich nicht allein auf den gesprochenen Text, sondern sang zwei Balladen nach der Musik von Kurt Weill. Wenn seine Stimme auch nicht mehr so kräftig klang, war sie doch laut genug. Erst trällerte er NUR WER IM WOHLSTAND LEBT, LEBT ANGENEHM! Dann schmetterte er MAN SCHLAGE IHNEN IHRE FRESSEN / MIT SCHWEREN EISENHÄMMERN EIN. / IM ÜBRIGEN WILL ICH VERGESSEN / UND BITTE SIE, MIR ZU VERZEIHN.

Kaum war der letzte Ton verklungen, stürmten zwei Zimmermädchen und ein Hotelpage in die Suite. Den Gesang hatten sie für Geschrei gehalten, glaubten wohl, dem prominenten Gast sei etwas zugestoßen. Sie entschuldigten sich vielmals für ihr Eindringen, ohne angeklopft zu haben, waren aber nicht in der Lage, seinem Anblick auszuweichen. Sein Kostüm schien sie förmlich zu hypnotisieren. Sie starrten ihn eine Weile sprach- und regungslos an. Dann rannten sie hinaus und über den Flur, jubelten, damit es jeder im Haus hören konnte, riefen, dass der alte Herr nun doch den Mephisto spielen werde. Sie hatten gar nicht wahrgenommen, dass es sich bei der Figur um den Mackie Messer handelte.

Ihm war die Puste ausgegangen. Auch die Krämpfe in der Brust quälten ihn von neuem. Er griff nach der Dose, nahm eine Tablette heraus, legte sie auf den Tisch, holte eine Flasche Wasser aus der Minibar, öffnete sie, goss die Hälfte des Inhalts in ein Glas, schob die Tablette in den Mund und trank einen Schluck. Dann legte er das Kostüm ab, verstaute es im Koffer, kramte noch das Inhalationsgerät heraus, inhalierte einige Minuten, bis es ihm wieder besser ging, und ließ sich im separaten Schlafbereich aufs Bett fallen.

*

Droben im Turm, einem ehemaligen Brauereisilo, befand sich ein Drehrestaurant. Er fuhr mit dem Fahrstuhl hinauf, betrat das rundum verglaste Lokal und setzte sich an einen freien Tisch. Er musste sich gedulden. Es herrschte reger Betrieb. Endlich kam ein Ober und nahm seine Bestellung auf. Er orderte ein Schnitzel mit Bratkartoffeln und ein Glas Bier. Die Zeit verstrich. Er sah derweil auf die Stadt hinab, erblickte zuerst die Altstadt mit Dom, Rathaus und Rundkirche, dann die Skyline mit den konkurrierenden Wolkenkratzern und die über den Fluss führenden Brücken, schließlich das Viertel mit den Apfelweinkneipen. Nach einer vollen Umdrehung erschien wieder die Altstadt mit ihren historischen Gebäuden.

Ein Schnitzel mit Bratkartoffeln und ein Glas Bier für den Herrn, sagte der Ober und servierte Speis und Trank nicht unbedingt vorschriftsmäßig. Immerhin wünschte er guten Appetit.

Er verkniff sich jegliche Bemerkung.

Er kenne den Herrn doch irgendwoher, meinte der Ober.

Er sah den Mann nicht an, wollte wenigstens ungestört essen und trinken.

Jetzt falle es ihm wieder ein. Der Herr sei Schauspieler, habe früher an den Städtischen Bühnen den Faust gespielt.

Er bedaure, brummte er genervt, während er einen Schluck Bier trank. Erstens habe er den Mephisto gespielt ...

Ach den Teufel habe der Herr gespielt, unterbrach ihn der Ober.

... und zweitens habe er ihn nicht hier, sondern an einem anderen Theater gespielt, fuhr er fort. Er vermied weiterhin jeglichen Blickkontakt zu dem Mann.

Der Herr möge verzeihen. Dann habe er sich wohl getäuscht. Aber an den Städtischen Bühnen sei er aufgetreten.

In Gottes Namen, ja! brüllte er den Mann an. Vielleicht dürfe er jetzt in Ruhe sein Schnitzel verzehren – und sein Bier.

Verzeihung, der Herr! entschuldigte sich der Ober nochmals. Dann verschwand er in der Küche.

Er aß weiter, ließ aber das halbe Schnitzel und einen Teil der Bratkartoffeln auf dem Teller zurück. Ihm war der Appetit vergangen. Er schüttelte immer wieder den Kopf, trank nur noch das restliche Bier. Er konnte sich kaum beruhigen. Zudem schien ihm der Alkohol nicht zu bekommen. Ihm wurde schwindlig. Er hatte das Gefühl, als drehte sich das Restaurant von Mal zu Mal schneller. Ihm wurde übel.

Der Ober kam plötzlich auf ihn zu. Er trug nicht mehr die Kleidung eines Kellners, sondern die eines Arztes. An der Stirn prangte ein Spiegel. Über der Brust hing ein Stethoskop.

Er solle verschwinden! raunzte er ihn an. Was habe die Maskerade überhaupt zu bedeuten?

Der als Mediziner getarnte Ober beugte sich wortlos über ihn und fletschte die Zähne. Er schien ihn auf seine Art behandeln zu wollen.

Er sprang auf, wobei der Stuhl umkippte, und rannte zur Tür hinaus, ohne auch nur einen Euro auf den Tisch zu legen. Mit dem Lift fuhr er hinunter. Noch benommen von dem seltsamen Vorfall und panisch nach Luft ringend torkelte er über die Straße. Der Fahrer eines zufällig vorbeikommenden Taxis las ihn auf und brachte ihn in den Kurort zurück.

*

Vom Hauptbahnhof bis zu den Städtischen Bühnen war es nicht weit. Der gesamte Komplex hatte sich derart verändert, dass er sich am falschen Platz wähnte. Die Zweifel nahmen zu, als er keinen Hinweis auf die Theatertage fand – keine Plakate, keine Transparente, nicht die geringste Werbung für ein derartiges Ereignis. Und doch befand er sich an der richtigen Stelle. Er stand vor dem Großen Haus.

Er ging um das Gebäude herum, das mit dem historischen Flair der Alten Oper nicht mithalten konnte, rüttelte an sämtlichen Türen und warf durch die Glasscheiben einen Blick in das riesige Foyer. Alle Versuche waren vergebens. Der Eintritt in den Musentempel, in dessen Vorgängerbau er sieben Jahre auf der Bühne gestanden hatte, blieb ihm verwehrt.

Von hinten klopfte ihm jemand auf die Schulter. Erschrocken drehte er sich um. Zwei Polizeibeamte in Uniform standen ihm gegenüber.

Was er hier suche, fragte der eine.

Eine Möglichkeit, ins Theater zu gelangen.

Ob er sie zum Narren halten wolle, fragte der andere.

Keineswegs. Er meine es ernst.

Er solle erst mal seinen Ausweis zeigen, sagte er eine.

Wozu denn das? Er habe doch nichts verbrochen. Dann übergab er dem Ordnungshüter den Ausweis.

Hans-Dieter Messmer, las der Beamte laut vor.

Er nickte. Ja, das sei er. Und?

Man beobachte ihn schon seit längerer Zeit, wie er um das Theater herumschleiche, sagte der andere. Damit mache er sich verdächtig.

Hier sei schon ein paar Mal eingebrochen worden, meinte der eine. Aber dass sich ein alter Mann wie er mit Gewalt Zutritt verschaffen wolle, sei eher ungewöhnlich.

Er habe weiß Gott nicht die Absicht, in das Haus einzubrechen. Er wolle sich nur ein wenig umschauen. Vieles habe sich verändert.

Das könne er am Abend tun, belehrte ihn der andere. Er brauche nur eine Vorstellung zu besuchen.

Welche Vorstellung? Angeblich werde an diesem Abend der FAUST aufgeführt – bei den sogenannten Theatertagen. Aber er finde keinen Hinweis auf diese Veranstaltung. Und fragen könne er niemanden. Alle Eingänge seien verschlossen.

Von Theatertagen sei ihm nichts bekannt, sagte der eine und wandte sich dem anderen zu.

Der schüttelte den Kopf. Er solle erst mal auf die Wache mitkommen.

Er glaube, der habe sie nicht alle, flüsterte der eine dem anderen ins Ohr.

Er könne alles erklären. Irgendwie spürte er, dass die beiden ihn für verrückt hielten.

Dazu habe er auf der Wache genügend Zeit, meinte der andere, ergriff seinen Arm, führte ihn zum Streifenwagen und stieg mit ihm ein. Der Kollege steckte den Ausweis ein, folgte den beiden, setzte sich ans Steuer und fuhr davon.

Auf der Wache war die Hölle los. Eine Dirne aus dem nahen Rotlicht-Viertel stand halbnackt da, sorgte bei den männlichen Beamten für Erregung, bei den weiblichen für Empörung. Zwei tätowierte Typen randalierten in volltrunkenem Zustand, konnten sich kaum auf den Beinen halten. Ein älteres Ehepaar meldete einen Diebstahl, machte dabei widersprüchliche Angaben zum Täter. Und ein junger Mann beschwerte sich über seinen abgeschleppten Wagen, stritt ab, dass er diesen im Halteverbot abgestellt hatte.

In all diesem Tohuwabohu stand nun er, der sich keiner Schuld bewusst war. Er sei Schauspieler, erklärte er den verdutzten Männern und Frauen in Uniform. Er habe viele Jahre am hiesigen Theater gespielt. Das sei allerdings lange her. Einzig aus diesem Grund sei er an diesen Platz zurückgekehrt. Das Große Haus habe er nicht wiedererkannt. Insofern sei es doch verständlich, wenn er die neue Spielstätte auch von innen betrachten wolle. Sein Interesse basiere auf reiner Neugier.

Warum er das nicht gleich gesagt habe, fragte ihn der Dienststellenleiter.

Dazu sei er ja gar nicht gekommen.

Er habe sich selbst in diese Lage gebracht, sagte der eine der beiden Uniformierten, die ihn aufs Revier mitgenommen hatten. Dann übergab er dem Ranghöheren den Ausweis.

ER sei es doch gewesen, der von Theatertagen gefaselt habe, fügte der andere hinzu.

Was der Wahrheit entspreche. Sein früherer Intendant habe ihn auf die Veranstaltung hingewiesen. Aber er fühle sich verschaukelt. Nirgendwo habe er einen entsprechenden Hinweis gefunden.

Der Mann mit den meisten Sternen auf der Uniform griff zum Telefon, wählte eine Nummer und warf einen Blick auf den Ausweis. Er erkundigte sich bei der Theaterverwaltung nach einem Schauspieler namens Hans-Dieter Messmer. Der alte Herr sei vor Jahren hier aufgetreten. Auf die Antwort musste er einige Minuten warten. Ach ja, und was es mit den Theatertagen auf sich habe? Danke! sagte er und legte den Hörer auf. Der alte Herr sage die Wahrheit. Er habe hier lange auf der Bühne gestanden. Nur von den besagten Theatertagen wisse niemand etwas. Da habe sich wohl jemand einen Scherz erlaubt. Er entschuldigte sich für das Verhalten seiner Leute, bat um Verständnis, dass sie nur ihrer Pflicht nachgekommen waren, und gab ihm den Ausweis zurück. Der alte Herr möge wieder an Ort und

Stelle gebracht werden, wies er die beiden Beamten an. Wortlos folgten sie der Anordnung ihres Vorgesetzten.

Die junge Frau namens Angelika, der er im winzigen Theater des kleinen Weinortes begegnet war, stand eines Tages in der Tür seiner Garderobe. Er erkannte sie sofort, obwohl ein paar Jahre ins Land gegangen waren. Sie machte ihm Vorwürfe, wollte wissen, warum er sich nie bei ihr gemeldet hatte. Dabei hatte sie ihm doch absichtlich ihre Adresse hinterlassen.

Er beteuerte, mehrmals bei ihr angerufen zu haben. Doch sie war nie ans Telefon gegangen. Nach etlichen erfolglosen Versuchen hatte er schließlich aufgegeben.

Sie hielt ihm vor, wie er die Flinte nur so schnell ins Korn werfen konnte. Ihre skeptischen Blicke vergaß er bis heute nicht. Immerhin war sie nicht nachtragend, interessierte sich ernsthaft für ihn.

Sie verabredeten sich im Kurpark des berühmten Heilbades. Die gegenseitigen Besuche häuften sich: mal trafen sie sich in seinem Appartement, mal in ihrer Großstadtwohnung. Der Kontakt wurde immer enger. Aus der anfänglichen Freundschaft erwuchs eine Partnerschaft. Mit der Verlobung erreichte ihre Beziehung einen vorläufigen Höhepunkt. Nur zusammengezogen waren sie damals noch nicht, behielt jeder vorerst die eigenen vier Wände.

Auf dem Platz vor dem Theater verharrte er eine Weile, dachte noch immer über die beiden Ordnungshüter nach, die ihn für einen Einbrecher gehalten hatten. Er hockte sich auf einen der Begrenzungssteine, die das Befahren des Areals mit Kraftfahrzeugen verhindern sollten, und blieb eine Zeit lang regungslos sitzen. Als folgte er einer überirdischen Weisung, erhob er sich plötzlich, begab sich gemessenen Schrittes in die Mitte des Platzes und sang aus Leibeskräften die beiden Balladen des Mackie Messer, mit denen er das Hotelpersonal in Aufregung versetzt hatte.

Innerhalb weniger Minuten versammelten sich an die hundert Passanten, die an den Auftritt eines Straßenmusikanten glaubten. Und im Handumdrehen opferte eine junge Frau ihren Karton, in dem sich eben noch die neu gekauften Schuhe befunden hatten. Aus der begeisterten Menge warf einer nach dem andern ein paar Münzen oder Banknoten hinein. Irgendwann verstummte sein Gesang, verließen ihn die Kräfte, löste sich der Pulk wieder auf.

Er nahm den gut gefüllten Karton an sich, wollte das Geld einem Bettler schenken. Er selbst hatte genug davon, konnte ohnehin nichts mit ins Grab nehmen.

Sein Wunsch war in Erfüllung gegangen. Tatsächlich kreuzte ein alter Bettler seinen Weg. Er rief den Mann, der so arm zu sein schien, dass er nicht einmal seinen Tod bezahlen konnte, zu sich. Er habe eine Überraschung für ihn, sagte er und zeigte ihm den mit Geld gefüllten Karton.

Der Greis blieb mit offenem Mund vor ihm stehen. Zunächst zögerte er, das Geschenk anzunehmen. Doch dann griff er zu, verstaute eilig Banknoten und Münzen in den Taschen seiner zerfledderten Kleidung, machte mehrmals eine tiefe Verbeugung und verschwand auf Nimmerwiedersehen. Nur den leeren Karton hatte er zurückgelassen.

Er fühlte sich erleichtert, hatte nach langer Zeit wieder einmal eine gute Tat vollbracht. Jetzt konnte er reinen Gewissens seine Abschiedstour fortsetzen.

*

Den Treffpunkt der Intellektuellen fand er erst nach längerem Suchen. Drinnen herrschte Trubel. Am Publikum hatte sich scheinbar nichts geändert. Er wunderte sich, dass ihn viele der Anwesenden auffällig musterten – angesichts der seltsamen Gestalten, die hier verkehrten, eher ungewöhnlich. War er für die Kneipe zu alt? Oder erschraken sie beim Anblick seines von der Krankheit gezeichneten Gesichts? Oder erkannten sie ihn? Er konnte sich die extreme Aufmerksamkeit nicht erklären. Dessen ungeachtet erkundigte er sich nach seinem verschollenen Freund – zuerst beim Wirt, dann bei den Gästen. Doch niemand hatte den Namen jemals gehört. Er war im Begriff, das Lokal zu verlassen, als ihn ein älterer Mann ansprach.

Er kenne den Namen des Gesuchten, sagte er. Er habe vor langer Zeit mit ihm auf der Bühne gestanden – ein sympathischer Mensch. Irgendwann sei er mit der Schauspielerei nicht mehr klargekommen, habe die Namen seiner Kollegen und bald auch die Rollen durcheinander gebracht. Am Ende habe er sogar die Orientierung im Großen Haus verloren. Einzig die Texte seien bei ihm haften geblieben. Eines Tages habe er vom Theater Abschied nehmen müssen. Seitdem lebe er in einem Pflegeheim.

Ob er ihm die Adresse geben könne, fragte er.

Das Heim sei leicht zu finden. Der Mann beschrieb den Weg dorthin. Die Einrichtung lag am Stadtrand.

Er hatte ein Taxi genommen, betrat den weiträumigen Park und hielt Ausschau nach seinem Freund.

Suche er jemanden, fragte eine weibliche Pflegekraft.

Ja, einen alten Bekannten. Er nannte den Namen.

Er möge ihr folgen. Aber er solle sich keinen Illusionen hingeben. Der Mann erkenne niemanden mehr. Sie hatte ihn zufällig entdeckt. Der Herr sitze dort hinten, sagte sie und zeigte auf eine etwa fünfzig Meter entfernte Bank.

Er bedankte sich und ging auf seinen Freund zu, der sich äußerlich kaum verändert hatte.

Der sprang sofort auf und rezitierte aus einer seiner Rollen. Mimik und Gestik beherrschte er noch. Auch das Langzeitgedächtnis schien zu funktionieren. Zumindest hatte er den eben vorgetragenen Text nicht vergessen. Aber ihn, seinen einstigen Freund und Bühnenpartner, erkannte er nicht.

Er nannte ihn beim Namen.

Der Angesprochene reagierte nicht darauf. Der Herr könne ihm Gesellschaft leisten, sagte er stattdessen. Die Leute hier seien lauter Schwachköpfe. Er suche jemanden, der ihn verstehe. Als Künstler habe man einen besonders schweren Stand.

Er wollte seinen Freund umarmen, musste mit Entsetzen feststellen, was aus ihm geworden war. Dabei konnte er ein paar Tränen nicht zurückhalten.

Der an Demenz leidende Mann wich zurück, hatte die Annäherung wohl als persönlichen Angriff aufgefasst. Er fuchtelte wild mit den Armen und rief laut um Hilfe.

Er wusste nicht, wie ihm geschah.

Das Pflegepersonal eilte sofort herbei und versuchte, den Heimbewohner zu beruhigen. Alle Mühen waren vergebens. Nach kurzem Gerangel wurde er in die Mitte genommen und ins Haus gebracht.

Er solle sich nicht zu sehr grämen, sagte einer der Betreuer mit stoischer Ruhe. Das gehöre hier zum Alltag.

Er brachte keinen einzigen Ton heraus. Erschüttert verließ er das Gelände. Sein Freund war nur noch ein Schatten seiner selbst. Er war froh, seinen Lebensabend nicht auf diese Art und Weise verbringen zu müssen. Da war der zu erwartende Tod die bessere Alternative.

Der Abstecher

Der alte Mann fuhr mit der Hochgeschwindigkeitsbahn in Richtung Osten zurück. Auf dem Weg zu seiner nächsten Theaterstation musste er zweimal umsteigen, um in die alte Residenzstadt zu gelangen. Er war gut gelaunt. Das lag nicht allein an seiner momentanen Beschwerdefreiheit. Es hing auch mit der Rückkehr in die heimische Region zusammen, die sich weltweit größter Beliebtheit erfreute. Bratwurst und Bier, Spargel und Wein, Laptop und Lederhose, Burgen und Schlösser, Berge und Seen waren zu einem Markenzeichen für besondere Lebensqualität geworden.

Im Abteil saß ein altes Ehepaar. Das äußere Erscheinungsbild der beiden erinnerte ihn an Agatha Christies Miss Marple und Mr. Stringer.

Ob er die Adresse des Hotels eingesteckt habe, fragte die Frau den Mann laut.

Was habe sie gesagt?

Die Adresse des Hotels, brüllte die Frau. Ob er die eingesteckt habe.

Ja, ja.

Ob er auch an den Wecker gedacht habe? Die Frau zupfte am Hemdkragen des Mannes.

Was zerre sie ständig an ihm herum?

Sie habe nur seinen Hemdkragen zurechtgerückt.

Was habe sie gesagt?

Sie wolle nur wissen, ob er den Wecker mitgenommen habe, brüllte die Frau.

Ja, ja. Aber deshalb müsse sie doch nicht ständig an ihm herumzerren.

Das tue sie doch gar nicht. Ordentlich gekämmt habe er sich auch nicht, fuhr sie in der gleichen Lautstärke fort und strich ihm über das volle weiße Haupt.

Was sei nun wieder los?

Seine Haare seien schlecht gekämmt.

Was habe sie gesagt?

Ob er wenigstens seine Haarbürste mitgenommen habe, brüllte die Frau.

Ja, ja. Aber deshalb müsse sie seine Frisur doch nicht durcheinander bringen.

Die Frau schwieg. Auch der Mann sagte jetzt nichts mehr.

Er hatte die ganze Zeit das eheliche Frage- und Antwortspiel schmunzelnd verfolgt. An die abrupt eingetretene Ruhe musste er sich erst gewöhnen. Er sah abwechselnd aus dem Fenster und durch die auf den Gang führende Glasschiebetür. Der Himmel war diesmal bedeckt, gab der Sonne nur selten eine Chance, eine Lücke in der dichten Wolkenwand zu finden. Das hatte zumindest den Vorteil, dass er nicht geblendet wurde. Dafür erlebte er eine andere seltsame Erscheinung. Eine Rauchfahne zog am Fenster vorüber, hüllte den Waggon nach und nach in dichte Nebelschwaden. Wie war das möglich? Der Zug wurde von einer E-Lok, nicht von einer Dampflokomotive gezogen. Die Fenster ließen sich in dem vollklimatisierten Waggon nicht öffnen, um hinaussehen und der Sache auf den Grund gehen zu können. So blieb ihm nichts anderes übrig, als des Rätsels Lösung bis zum Ausstieg abzuwarten.

Irgendwann hatte sich der Rauch verzogen. Stattdessen tauchten – wie aus dem Nichts – riesige Krähen auf, begleiteten die dahinrasende Bahn mit gleichmäßigen Flügelschlägen und ohrenbetäubendem Geschrei. Ab und zu drehten sie ihre Köpfe in Richtung der Fenster und rissen die Schnäbel weit auf, als wollten sie den Fahrgästen etwas mitteilen. Doch schon bald mussten sie kapitulieren, konnten das hohe Tempo nicht mehr mithalten. Geschlossen drehten sie ab und verschwanden so schlagartig, wie sie gekommen waren.

Die Schmerzen in der Brust meldeten sich zurück. Schlimmer noch – die Zeitintervalle wurden kürzer. Zum Glück hatte er an das Wasser gedacht. Er griff in sein Jakkett, holte die Medikamentendose heraus, entnahm eine Tablette und würgte sie mit Hilfe der Flüssigkeit hinunter. Das ältere Ehepaar hatte von alldem nichts mitbekommen.

Bis zum Hauptbahnhof seiner Heimatstadt war es nicht mehr weit. Er fieberte der Ankunft des Zuges entgegen, rutschte ungeduldig auf seinem Platz hin und her. Endlich hielt der Zug.

Seine Schwester hatte er erst kürzlich besucht. Er wollte gleich weiterfahren – mit der ersten Regionalbahn in die Bischofsstadt, mit der zweiten in die Residenzstadt. Er kletterte aus dem Waggon und warf einen Blick auf den Zuganfang. Eine Dampflokomotive entdeckte er natürlich nicht, fand für die rätselhafte Rauchfahne keine plausible Erklärung. Er verließ den Bahnsteig, ging die Treppe hinunter, schleppte sein Gepäck durch die Unterführung, steuerte auf den zum Abfahrtsgleis führenden Aufgang zu,

quälte sich mit den Koffern die Stufen hinauf und stieg –
völlig außer Atem – in den bereitstehenden Anschlusszug.

*Auf der Bühne des Landestheaters hatte er besonders gern gespielt.
Der klassizistische Bau mit dem biedermeierlichen Interieur strahlte
eine Atmosphäre aus, die er in neuzeitlichen Theatern vermisste.
Sowohl der Spiegelsaal als auch der Zuschauerraum – bestehend aus
dem Parkett und den auf drei Emporen befindlichen Rängen – ver-
setzten die Besucher in eine von höfischem Glanz geprägte Zeit. Nur
der Spielplan tanzte aus der Reihe, bot neben klassischen auch moderne Stücke. Alle Gattungen der Theaterkunst wurden gepflegt:
Schauspiel, Oper, Operette, Musical und Ballett.*

*Für einen Moment kam ihm sein früherer Prinzipal in den Sinn.
Er zählte zur experimentierfreudigen Spezies, die sich nicht nur auf
die Klassiker stürzte, sich nicht allein an den Vorlieben des Publikums orientierte. Der Mut zur Erneuerung fand wenig Anerken-
nung. Die an Traditionen hängenden Theaterfreunde der Residenzstadt blieben manchen Aufführungen fern, was der Auslastungsquote
beider Häuser eher abträglich war. Irgendwann resignierte er und warf
das Handtuch.*

Der Anschlusszug rollte aus dem Hauptbahnhof. Die
Fensterplätze waren belegt. Zwei vis-a-vis sitzende Männer
mittleren Alters unterhielten sich. Den Nadelstreifenanzü-
gen nach zu urteilen handelte es sich um Geschäftsreisende.
In welcher Mission sie unterwegs waren, fand er nicht heraus.

Ob er schon mal in Osteuropa gewesen sei, fragte der
eine den anderen.

O ja, antwortete dieser.

Vor oder nach der Wende?

Nach der Wende.

Er sei vor und nach der Wende dort gewesen. Die Schikanen an der Grenze, die Mangelwirtschaft und den Schwarzgeldtausch gegen Devisen habe er noch hautnah miterlebt. Am schlimmsten sei es in der DDR zugegangen – eben typisch deutsch. Heute sei der Osten doch nur eine Kopie des Westens. Er machte eine abweisende Handbewegung. In welchen osteuropäischen Ländern sei ER denn gewesen, erkundigte er sich bei dem anderen.

In Polen und Ungarn.

Zwei ausgesprochen gastfreundliche Länder. Da sage einer was gegen die Polaken und die Zigeuner. Masuren, Schlesien, den Plattensee und die Pußta kenne er wie seine Westentasche. Nicht zu vergessen Krakau und Budapest – zwei großartige Städte. Tschechien, Slowenien und Kroatien hätten ihm auch gefallen. Vor allem an Prag, die Adelsberger Grotten und die Plitvicer Seen denke er gern zurück.

So weit sei er nicht vorgedrungen, sagte der andere. Er habe sich mehr in Skandinavien aufgehalten. Zum Beispiel in …

Die Gegend liebe er geradezu, unterbrach ihn der eine. Auch er habe viel Zeit dort verbracht. Bornholm und Gotland hätten ihn besonders gereizt.

Der andere schwieg jetzt.

Unvergesslich seien seine Fernreisen geblieben, laberte der eine weiter. Nach Asien, Afrika und Amerika habe es ihn immer wieder gezogen. Nur Australien habe er gemieden – wegen der Entfernung. China sei das größte Erlebnis gewesen. Die Große Mauer, die Verbotene Stadt, die Terrakotta-Figuren, den Li-Fluss müsse man gesehen haben. Und natürlich die Pyramiden in Ägypten.

Der andere schwieg weiterhin.

ER musterte den Marco Polo der Neuzeit von oben bis unten. In kürzester Zeit war er von diesem auf einen Streifzug durch die ganze Welt mitgenommen worden.

Der Mann sah die kritischen Blicke, fühlte sich irgendwie provoziert. Wohin sei ER denn unterwegs? Der zynische Unterton war nicht zu überhören.

Nach nirgendwo.

Der Mann verzog das Gesicht.

Der andere grinste.

Das Kaff kenne er gar nicht. Na ja, mancher begnüge sich eben mit der Provinz. Er lachte hämisch. Dann hielt er endlich den Mund.

Am Landestheater hatte er zum Beispiel den Kilroy in Williams CAMINO REAL gespielt. Bei den Stationen des Stückes handelte es sich um Traumbilder Don Quijotes. Auf dem Platz einer mexikanisch anmutenden Stadt in einem imaginären südamerikanischen Land spielte sich das Leben in zwei unterschiedlichen Sphären ab: in einem Luxus-Hotel und einem Obdachlosenasyl. Für beide Seiten gab es in dieser von Hoffnungslosigkeit erfüllten Stadt – einer seelisch ruinierten Welt – kein Entrinnen. Wer es dennoch wagte, hatte die Konsequenzen zu tragen. Legenden wie Baron de Charlus, Casanova und die Kameliendame starben, resignierten oder alterten auf dem Weg in die Wirklichkeit. Der Baron endete im Müllwagen der Straßenkehrer. Casanova ließ einen, sein weiteres Leben bestimmenden Brief aus Angst ungeöffnet. Und die Kameliendame ergab sich dem Alterungsprozess. Doch auch der königliche Weg wurde in CAMINO

REAL *aufgezeigt. Lord Byron brachte als erster den Mut auf, den alptraumhaften Ort zu verlassen. Und Kilroy, der Seemann mit einem Herz aus purem Gold, der – von der Polizei ständig schikaniert – die Gäste des Luxus-Hotels unterhielt, verpasste dem gefühlskalten Ort des Schreckens ein neues Gesicht, indem er das Wort* EHRE *ins Spiel brachte, ehe er an gebrochenem Herzen starb. In Kilroy hatte der träumende Don Quijote endlich seinen neuen Gefährten gefunden. Mit dessen Geist brach er schließlich ins Niemandsland auf.*

Er erinnerte sich daran, wieviel Probenarbeit er aufbringen musste, um den Kilroy überzeugend darzustellen. Es war wesentlich einfacher, einen Mackie Messer oder einen Mephisto zu spielen. Als berühmte Figuren der Weltliteratur ließen sich deren Charaktere allein durch Mimik und Gestik leichter abbilden. In den Kilroy musste er deutlich mehr investieren.

In der Bischofsstadt stieg er ein letztes Mal um. Der durch das Fenster glotzende Weltenbummler musste mit ansehen, wie er auf dem Bahnsteig von einem Spielmannszug empfangen wurde. Trommler, Pfeifer und Hornisten beehrten ihn mit Marschmusik. Er hatte gegen diese Art von Musik nichts einzuwenden, hielt sie aber eher für Angehörige von Politik und Militär geeignet. Aus Höflichkeit blieb er stehen, hörte sich einige Takte geduldig an – allein schon, um dem Prahlhans eins auszuwischen. Erst als sich der Zug wieder in Bewegung setzte, das auf der Glasscheibe platt gedrückte Gesicht des Mannes nicht mehr in Sichtweite war, bedankte er sich bei den Musikern und deutete mit einem Blick auf die Bahnsteiguhr an, dass er seinen Anschlusszug nicht verpassen durfte.

Er hatte Glück. Die Regionalbahn, die ihn auf seiner letzten Etappe in die Residenzstadt bringen sollte, erreichte er gerade noch rechtzeitig. Das Abteil war leer. Er genoss die Ruhe. Nur der Schaffner war hin und wieder zu sehen, hetzte durch den Gang, ohne ihn zur Kenntnis zu nehmen. Er fragte sich, wozu er all die Fahrkarten gekauft hatte, wenn sie doch niemand sehen wollte. Nach einer knappen Stunde war er am Ziel.

Am Bahnhof nahm er ein Taxi zum Hotel. Er kam aus dem Staunen nicht heraus. Wie hatte sich die Stadt doch verändert. Der Bahnhofsplatz war völlig neu gestaltet worden. Und auch einen Omnibusbahnhof hatte man sich zugelegt. Der Stadtsäckel schien gut gefüllt zu sein. Nur das Bahnhofsgebäude – nicht Eigentum der Kommune – zeigte sich in tristem Grau.

In Claudels DER SEIDENE SCHUH wurde er mit einem weiteren ungewöhnlichen Stoff konfrontiert. Die Rolle des Abenteurers Don Camillo verlangte ihm einiges ab. Vor allem dessen zu Gewalt neigende Persönlichkeit vermochte er nur schwer in Szene zu setzen. Es war nicht das erste Mal, dass er anstelle eines Helden einen eher fragwürdigen Typ verkörpern musste. Doch meist waren es Gestalten, die zur harmloseren Sorte Mensch gehörten, ja sogar mit einem Augenzwinkern abgetan werden konnten. Diesmal hingegen musste er sich in das abgrundtief Böse hineinversetzen.

Die Handlung führte durch Spanien und die Welt Ende des 16., Anfang des 17. Jahrhunderts. Ihr Kern befasste sich mit der Liebe zwischen Doña Proëza, der Gattin des gefühlskalten Don Pelayo, und Don Rodrigo. Da die Ehe für Don Pelayo, den höchsten königlichen Richter, unauflöslich blieb, durften sich die leidenschaftlich Lie-

benden erst nach ihrem Tod vereinigen. Also entsagte Doña Proëza freiwillig ihrer Liebe zu Don Rodrigo. Sie übergab ihm symbolisch einen Seidenschuh der Heiligen Jungfrau, mit dem sie ihre Standhaftigkeit zu untermauern versuchte. Die beiden verloren sich mit der Zeit aus den Augen. Selbst nach dem Tod ihres Gatten blieb sie für Don Rodrigo unerreichbar. Sie heiratete den zum Verräter gewordenen Don Camillo, um diesen von weiteren Untaten abzuhalten. Am Ende erwartete sie der Tod. Don Rodrigo zog indes in den Kampf gegen die Türken.

Das Hotel war ihm vertraut. Hier war er einige Monate untergebracht. Später war er mit seiner Verlobten in eine Wohnung gezogen. Die in Privatbesitz befindliche Herberge lag am Rande der Altstadt, war in den letzten Jahren umfassend renoviert worden und verfügte über ein besonderes Ambiente.

Die junge Frau an der Rezeption kannte er natürlich nicht. Umso mehr erstaunte es ihn, dass sie den Zimmerschlüssel aushändigte, ohne nach dem Namen zu fragen. Seine Sprachlosigkeit wurde noch größer, als sie ihm einen Kuss auf die Wange gab. Was hatte das zu bedeuten? Eine entfernte Verwandte in diesem Alter gab es nicht. Weder Vater noch Mutter hatten Geschwister, die ihrerseits für Nachwuchs hätten sorgen können. Und für eine Verehrerin war sie zu jung. Während seines Engagements am Landestheater lag sie vermutlich noch in den Windeln. Was war es dann, was ihre spontane Handlung auslöste? Er fand keine Antwort. Ihm blieb nur ein Lächeln, das sie erwiderte.

Er schleppte das Gepäck die Treppe hinauf, musste immer wieder stehen bleiben, weil er keine Luft bekam. Endlich stand er vor dem Zimmer.

Er betrat den Raum. Die Fläche war großzügig bemessen. Der Blick aus dem riesigen Fenster war ihm geläufig. An der engen Bebauung ringsum hatte sich nichts geändert. Nur die den Innenhof umgebenden Fassaden waren frisch gestrichen worden. Die Einrichtung der salonähnlichen Unterkunft hingegen war auf den neuesten Stand gebracht worden, wurde den Ansprüchen des einundzwanzigsten Jahrhunderts voll und ganz gerecht.

Etwas in diesem Zimmer fiel aus dem Rahmen, obwohl es in Wirklichkeit in einem solchen steckte – ein Ölgemälde. Es zeigte ihn in der Rolle des Lelio in Goldonis DER LÜGNER. Er war sprachlos. Man hatte ihn verewigt – wenn auch nur auf Leinwand. Würde man ihm hierzulande gar ein Denkmal in Form einer Skulptur widmen? Er betrachtete sein Konterfei eine Weile, fand aber nirgends den Namen oder eine Signatur des Künstlers. Wer hatte ihn in dieser Pose gemalt? Er staunte über die gelungenen Gesichtszüge seines damals noch makellosen Antlitzes. Jetzt war er kaum wiederzuerkennen. Nicht das Alter, sondern die Krankheit hatte sein Gesicht entstellt. Das Portrait hatte ihn dermaßen in seinen Bann gezogen, dass er von den erneut auftretenden Schmerzen in der Brust kaum Notiz nahm. Erst der zunehmende Luftmangel riss ihn aus seinen Träumen. Er öffnete das Fenster. Ein schwacher Wind blies in den Raum hinein, erleichterte ihm das Atmen. Er saugte die frische Luft gierig ein. Er blieb einige Minuten vor dem geöffneten Fenster stehen, hoffte auf eine Linderung seiner Atembeschwerden, ohne das Inhalationsgerät benutzen zu müssen.

*

Die junge Frau war ihm am Morgen nicht an der Rezeption begegnet, trat vermutlich erst am Abend ihren Dienst an. In bester Stimmung begab er sich in die Altstadt. An solchen Tagen, an denen er halbwegs schmerzfrei war und ihm das Atmen nicht so schwer fiel, fühlte er sich wie in alten Zeiten. Dann grauste es ihm vor dem nahen Ende, wünschte er sich am liebsten das ewige Leben. Ein Übriges tat das schöne Wetter. Die Sonne strahlte am tiefblauen Himmel. Eine angenehme Wärme mit erträglichen Temperaturen erfüllte die Luft.

Als erstes suchte er die herrliche Jugendstilvilla auf, in der er mit seiner Familie eine der drei gut ausgestatteten Fünf-Zimmer-Wohnungen gemietet hatte. Hier hatten sie fast zwölf Jahre lang gelebt.

In ihrer Wohnung hatten sie sich wohlgefühlt. Vorbei war es mit dem ständigen Hin und Her zwischen dem Hotel und ihrem Zuhause, zwischen der Residenzstadt und der zweihundertfünfzig Kilometer entfernten Metropole. Schon bald schlossen sie den Bund der Ehe. Und auch die Geburt der Tochter ließ nicht lange auf sich warten. Er erinnerte sich noch gut an den Augenblick, als sie im kleinen Schlösschen vor dem Standesbeamten standen und sich das Ja-Wort gaben. Damals war die schöne Angelika noch eine attraktive Frau. Ihre Ehe war glücklich. Und er hatte nicht vergessen, wie stolz er auf den ersehnten Nachwuchs war. Kaum hatte dieser den ersten Atemzug

getan und den ersten Schrei losgelassen, durfte er den Winzling schon
in den Arm nehmen. Das war mit Abstand die schönste Zeit seines
Lebens.

Er zögerte nicht lange, ging zum Eingangstor und
drückte auf den mittleren der drei Klingelknöpfe.

Ja bitte, meldete sich eine weibliche Stimme.

Er entschuldige sich vielmals für die Störung, sagte er.
Er habe früher in ihrer Wohnung gelebt und sei auf der
Durchreise. Vielleicht wäre es möglich, einen kurzen Blick
in sein ehemaliges Domizil werfen zu können. Er hoffe,
dass er nicht zu viel von ihr verlange.

Die Antwort blieb aus.

Er wartete einen Moment, sah gebannt zur ersten Etage
hinauf.

Sekunden später trat eine junge Frau aus der Haustür.
Sie näherte sich ihm auf dem durch den Vorgarten führenden Weg und blieb vor dem Eingangstor stehen. Sie stutzte. Er sei der HDM, nicht wahr, sagte sie und hielt stau-
nend die Hand vor den Mund. Das stimme doch, oder?

Er war derart überrascht, dass er keinen Ton heraus-
brachte. Er nickte nur.

Sie habe schon viel über ihn erfahren – meist aus der
Zeitung. Sie öffnete das Tor. Dort habe sie auch ein Foto
von ihm entdeckt. Sie habe ihn gleich erkannt. Er besitze
noch viele Anhänger in der Stadt. Sie bat ihn herein. Sie
wisse auch, dass er einige Jahre in ihrer Wohnung gelebt
habe. Der Vormieter habe es ihr erzählt. Sie stellte sich vor
und reichte ihm die Hand. Er möge doch bitte eintreten. Er
sei als Gast herzlich willkommen.

Er folgte ihr über den gepflasterten Weg, der früher mit Kieselsteinen bedeckt war, in die alte Villa, stieg mühsam und immer wieder nach Luft schnappend über die steinerne Treppe in den ersten Stock hinauf. Nach einigem Zögern betrat er die gediegen eingerichtete Wohnung.

Er könne sich ruhig umsehen, sagte sie. Sie führte ihn bereitwillig von der großen quadratischen Diele aus in die rundherum angeordneten Räume: in die Küche mit der Speisekammer, das Bad mit Dusche und Toilette, das Gäste-WC, das Wohnzimmer mit Erker, das Schlafzimmer, das Kinderzimmer, das Gästezimmer und das Arbeitszimmer mit der Loggia.

In diesem Raum habe er seine Rollen einstudiert, sagte er ein wenig nostalgisch und schien sich vom einstigen Refugium nicht trennen zu können.

Wenn es seiner Erinnerung gut tue, dürfe er gern Platz nehmen. Er könne sich ruhig Zeit lassen. Ihr Mann komme erst später. Sie müsse sich nur kurz entschuldigen. Dann verschwand sie.

Er genoss den kurzen Aufenthalt, sah sich immer wieder um. Er stellte fest, dass die jetzigen Mieter das Zimmer ähnlich eingerichtet hatten wie er. Nur das Cello hatte in seinem Inventar gefehlt. Ob SIE das Instrument spiele, fragte er sie, nachdem sie zurückgekehrt war.

Nein. Ihr Mann sei der Musiker in der Familie. Er sei Musiklehrer am Gymnasium – am musisch orientierten.

Er erhob sich. Er wolle sie nicht weiter belästigen. Und er bitte nochmals um Entschuldigung.

Keine Ursache, beruhigte sie ihn und begleitete ihn bis zum Eingangstor.

Eine Frage habe er noch. Neben den beiden anderen Klingeln finde er keine Namen. Ob sie wisse, was aus den Besitzern geworden sei – dem Ehepaar, das im Erdgeschoss gewohnt habe. Und aus dem Junggesellen im Dachgeschoss, der die Frauen wie Hemden gewechselt und sich bei den Vermietern unbeliebt gemacht habe.

Die Besitzer seien vor ein paar Jahren in ein Stift gezogen. Seitdem habe sie nichts mehr von ihnen gehört. Der einzige Erbe lebe im Ausland. Heute sei die Wohnung an eine Studenten-WG vermietet. Was den jungen Mann betreffe, solle sich dieser im Keller erhängt haben. Er sei wohl völlig verschuldet gewesen, habe anscheinend auf zu großem Fuß gelebt. Doch das sei lange vor ihrer Zeit gewesen. Gegenwärtig stünde die Wohnung leer.

Er begab sich zum Marktplatz. Mit der Bimmel-Bahn fuhr er zur Festung hinauf. Die bis zum Festungswall ansteigende Zufahrtsstraße machte ihm zu schaffen. Und auch nach dem Durchschreiten des Vor- und Haupttors verlief der Weg weiter steil bergan, musste er immer wieder stehenbleiben und tief Luft holen. Manchmal glaubte er zu ersticken. Im ersten Hof hatte er es endlich geschafft.

Er hörte eine Orgel, wusste sofort, woher die Töne kamen. Die Musik drang aus der Kapelle, die sich unmittelbar neben dem Fürstenbau befand. Er betrat das Gebäude mit der prächtigen Fachwerkfassade, das noch vom letzten regierenden Herzog und seiner Familie bewohnt worden war. In der Empfangshalle hielt sich niemand auf. Er drang unbemerkt bis in das Kirchlein vor, starrte auf die ununterbrochen spielende Orgel, die von keinem Organisten bedient wurde. Er glaubte, irgendein Geist habe ihn an diesen

Ort gelockt – vielleicht die von ihrem Gemahl zwanzig Jahre lang innerhalb der Festungsmauern gefangengehaltene Herzogin, die an ihre furchtbaren Kerkerleiden erinnern wollte.

Er floh aus Kapelle und Fürstenbau, wechselte vom ersten in den zweiten Hof. Dort wurde seine Verwirrung nur noch größer. Ein als Burgherr verkleideter Mann führte eine japanische Gruppe durch das weiträumige Areal. Die Frauen trugen einen Kimono, verbeugten sich fortwährend vor dem Fremdenführer. Und die Männer, deren Oberkörper unbekleidet war, umkreisten den Mann ständig, gebärdeten sich wie Samuraikrieger. Sie fuchtelten wild mit ihren Schwertern herum. Den vermeintlichen Burgherrn schienen die Mätzchen nicht zu stören. Er hingegen machte einen großen Bogen um die seltsame Gruppe, wollte am Ende seines Besuches nicht noch geköpft werden.

Er verließ die Festung wieder und fuhr mit dem Bähnle zurück in die Stadt. Den Marktplatz hatte man fein herausgeputzt. Das Rathaus, die alte Apotheke und das Stadthaus, in dem einst die herzogliche Verwaltung über ihre Untertanen wachte, erstrahlten in altem Glanz. Schön anzusehen war auch das mitten auf dem Platz stehende Denkmal, das neuerdings von Fontänen umgeben war. Als störend empfand er die vielen Tauben, die nicht nur auf dem Kopf des in Bronze gegossenen Prinzen ihr Unwesen trieben, sondern auch die Passanten belästigten, hin und wieder haarscharf über ihre Köpfe hinweg flogen.

Am Rande der guten Stube, wie die Alteingesessenen den Platz nannten, stand eine Bratwurstbude. Der aus dem Abzug aufsteigende Rauch war von weitem sichtbar und vor allem riechbar. Der auf Kiefernzapfen gegrillten Wurst konnte er schon damals nicht widerstehen. Er ging zu dem Stand und bestellte eins der allseits beliebten Exemplare.

Die Bratwurst schmeckte wie in alten Zeiten. Der Appetit war ihm also noch nicht abhanden gekommen. Er hatte die in eine Semmel gezwängte Mischung aus Kalb- und Schweinefleisch kaum verspeist, als ihm jemand von hinten auf die Schulter klopfte.

Das sei ja eine Überraschung, hörte er eine ihm vertraute Stimme sagen.

Er wandte sich um. Vor ihm stand sein früherer Hausarzt.

Er habe ihn an den Bewegungen erkannt, sagte der Doktor und begrüßte ihn. Er sei im Gesicht schmal geworden. Ob er immer noch so viel rauche?

Nein. Damit habe er schon vor Jahren aufgehört.

Das höre er gern. Aber er sehe nicht gut aus. Was fehle ihm denn? Es sei hoffentlich nichts Schlimmes.

Wie man es nehme. Zum Glück habe er den größten Teil seines Lebens bereits hinter sich.

Raus mit der Sprache! Ihm könne er es ruhig sagen.

Er habe Krebs – Lungenkrebs.

Lungenkrebs? Heutzutage sei fast jeder Krebs heilbar, wenn man nur rechtzeitig Vorsorge treffe.

Gewiss. Im Anfangsstadium vielleicht. Aber nicht im Endstadium.

Im Endstadium? Heiße das, er habe bereits Metastasen?

Ja. Schlimm seien die Schmerzen in der Brust. Er müsse ständig Morphintabletten schlucken. Der Abstand zwischen den Dosen werde immer kürzer. Und dann die Atemprobleme. Ohne Inhalationsgerät bekäme er kaum noch Luft.

Das tue ihm leid.

Da sei nichts mehr zu machen. Er war sich zwar nicht sicher, ob das ständige Schminken zu seinen gesundheitlichen Schäden beigetragen hatte. Aber eines wusste er mit Bestimmtheit. Das Karzinom samt Metastasen hatte er seinem exzessiven Rauchen zu verdanken. Und er war froh, dass sein früherer Hausarzt taktvoll darüber hinweg ging. Der jetzige hatte ihm das knallhart vorgehalten.

Sie standen sich noch eine Weile sprachlos gegenüber. Dann verabschiedeten sie sich voneinander.

Er drücke ihm die Daumen, dass er nicht allzuviel leiden müsse. Dann verschwand der Doktor in einer der Gassen.

In die Grünanlage südlich der Altstadt hatte es ihn schon früher des Öfteren verschlagen − strahlte dieses Fleckchen Erde doch eine besondere Ruhe aus. Daran hatte sich bis heute nichts geändert. Passanten verirrten sich nur selten in diesen beschaulichen Winkel. Es handelte sich um eine winzige Anlage, die in früheren Zeiten als Friedhof genutzt worden war. Die zugehörige Kirche existierte noch.

Er setzte sich auf eine Bank. Ein Eichhörnchen sprang ihm vor die Füße, stellte sich auf die Hinterbeine und schlug die Vorderpfoten gegeneinander. Wäre er im Besitz von ein paar Nüssen gewesen, hätte er das niedliche Tier füttern können. So aber konnte er nur mit den Schultern zucken. Enttäuscht suchte der rotbraune Geselle mit den großen Augen und Ohren sowie dem buschigen Schwanz das Weite.

An der Natur konnte er sich immer wieder berauschen. War das Theater eine Stätte der Begegnung kulturbegeisterter Menschen, für den Schauspieler gar ein ihm geweihter, seiner Verehrung dienender Musentempel, so war die Natur ein Rückzugsgebiet von all dem Trubel, ein Ort der Stille, zu der Flora und Fauna gleichermaßen beitrugen.

Insbesondere die Fauna hatte es ihm angetan. Stundenlang konnte er Tiere beobachten: Vögel, wenn sie Nester bauten, über ihren Eiern brüteten und ihre Jungen fütterten; Frösche, wenn sie nach Beute schnappten und beim Quaken ihre Schallblasen aufblähten; Fledermäuse, wenn sie ihre akrobatischen Flüge demonstrierten, um mit Hilfe ihres Sonarsystems an Insekten zu gelangen; Spinnen, wenn sie ihre Netze konstruierten und sich Beutetiere darin verfingen; Bienen, wenn sie Blüten bestäubten; Ameisen, wenn sie Pflanzenteile zusammentrugen und zu riesigen Haufen auftürmten; Schmetterlinge, wenn sie ihre Farbenpracht entfalteten; Libellen, wenn sie bei der Eiablage über stehendem Gewässer regelrechte Tänze vollführten.

Auch das Weltall faszinierte ihn ein ums andere Mal. Ob er die Entstehung von Wolken oder Blitzen, das Aufleuchten der Sterne oder Sternschnuppen, den Ablauf einer Sonnen- oder Mondfinsternis verfolgte – stets war er von der unendlichen Vielfalt des Universums überwältigt.

Es schauderte ihn bei dem Gedanken, dass die Menschheit den blauen Planeten mehr und mehr zerstörte. Und er war insgeheim froh, dass ihm die drohende Apokalypse erspart blieb. Andererseits bedauerte er, die Schönheit der

Natur nicht mehr genießen zu können. Am meisten aber schmerzte ihn der Abschied von seiner Familie.

Auf dem Weg zur Stadtpfarrkirche begegnete er zwei Originalen: einem Radfahrer, der mit lauten Gesängen die Aufmerksamkeit auf sich lenkte, und einem Gurkenverkäufer, der mit seinem kegelförmigen Filzhut an die sieben Zwerge erinnerte. Dabei hatte er Glück, dass ihn einige Pappenheimer verschonten: die Aktiven und Alten Herren der schlagenden Verbindungen mit ihren Mensuren im Gesicht, die einmal im Jahr mit Mütze und Band – soweit es sich um die Chargierten handelte, mit Tracht und Säbel – zum Convent antraten; die halbnackten Männer und Frauen der Sambagruppen, die ebenfalls einmal jährlich mit ihren Trommeln und Tänzen die Stadt zum Beben brachten; und die Schützen, die zu besonderen Anlässen in ihren Uniformen durch die Altstadt marschierten, vor allem zur Proklamation ihres Königs in Erscheinung traten.

Nach einem kurzen Gebet in der Stadtpfarrkirche begab er sich zum Schlossplatz. Seine ehemalige Wirkungsstätte wollte er am nächsten Tag besuchen. Außer dem Theater fielen insbesondere ein altes Palais, die ehemalige Reithalle und das riesige Stadtschloss auf. Über die Arkaden führte der Weg durch den Park hinauf zur Festung. Zwei Herzogsdenkmäler ragten heraus. Das eine stand mitten in einem blumengeschmückten Rondell, das andere thronte im vorderen Teil des landschaftlich reizvollen Parks mit seinem seltenen Baumbestand.

Mitten auf dem Platz kam ihm sein Neffe entgegen. Beide gingen aneinander vorbei. Sie hatten sich derart verändert, dass keiner den anderen auf Anhieb erkannte – er, weil er von seiner schweren Krankheit gezeichnet war, der Neffe, weil er beim letzten Treffen noch auf die Schauspielschule ging. Erst nach etlichen Metern blieben sie nahezu synchron stehen, drehten sich – wie auf Zuruf – um, sahen sich aus der Ferne in die Augen, stürmten aufeinander zu und fielen sich wortlos in die Arme.

Er sei ja ein richtiger Mann geworden, sagte er nach längerem Schweigen zu seinem Neffen. Wie lange habe er ihn nicht mehr gesehen?

Es liege sicher mehr als fünf Jahre zurück. Er habe ihn gar nicht erkannt. Wie es ihm gesundheitlich gehe?

Den Umständen entsprechend. Seine schwere Krankheit erwähnte er nicht. Und wie gehe es ihm? Was mache seine Schauspielerkarriere?

Er spiele jetzt schon im dritten Jahr hier. Ab morgen stehe er als Lelio auf der Bühne.

Das sei ja großartig. Das sei damals – hier an diesem Theater – seine Lieblingsrolle gewesen.

Das treffe sich gut. Er mache ihm einen Vorschlag. Er solle morgen in die Premiere kommen. Die Eintrittskarte lasse er an der Kasse hinterlegen. Dann könne er ihn auf der Bühne erleben und zugleich prüfen, wer die Rolle am besten gespielt habe. Er lachte wie ein Lausbube.

Er nehme das Angebot gern an, sagte er, lachte gleichfalls und drückte seinen Neffen an sich. Dann trennten sie sich.

*

Der Text des Lelio war ihm noch geläufig. Die Maskerade konnte er gleich doppelt ins Visier nehmen und miteinander vergleichen – in Öl gemalt und in natura. Er warf den Kostümkoffer aufs Bett, öffnete ihn und breitete die Garderobe aus. Er legte seine Kleidung ab und zog Hemd, Anzughose, Schuhe und Anzugjacke an. Die Ärmel des weißen Hemdes schmückten weite Manschetten. Der Anzug war hellblau. Die Hosenbeine waren mit dunkelblauen Seitenstreifen versehen. Die schwarzen Schuhe zierten weiße Gamaschen. Und die Jacke verfügte über extrem weite Ärmel.

Er posierte vor dem Gemälde – erst ohne, dann mit Spazierstock und künstlichem Blumengebinde. Sah er wirklich so aus wie auf dem Portrait – das von der Krankheit gezeichnete Gesicht ausgenommen? Um seine Aufmachung in Öl gemalt und in natura vergleichen zu können, benötigte er einen Spiegel, den es im Zimmer nicht gab. Also nahm er das Bild von der Wand, ging ins Bad, stellte es auf den Waschtisch und verglich es mit seinem Pendant. Die Kostümierung war in der Tat identisch.

Er platzierte das Bild wieder an Ort und Stelle. Er überlegte nicht lange, ob er die Rolle spielen sollte. Zumindest ein paar Auszüge wollte er zum Besten geben. Wie so oft, wenn er sich auf der Bühne wähnte, war er in seinem Element. Er bewegte sich zwar nicht mehr so elegant wie früher, verstand es aber vortrefflich, der Figur des Windbeutels mit der entsprechenden Mimik und Gestik einen Hauch von Charme zu verleihen.

Goldonis Geschichte war ihm in bester Erinnerung geblieben.
Lelio, der Lügner, war ein Meister der Schwindelei. Mit Raffinesse
nutzte er Florindos Liebeswerben um Rosaura für sich aus, tischte
selbst seinem und Rosauras Vater sowie Ottavio, dem Liebhaber der
Beatrice, nichts als Lügen auf. Er war schlichtweg ein in einer
Scheinwelt lebender Angeber. Am Ende verfing er sich in seinem
eigenen Lügengewebe.

Er hatte sich einmal mehr in seine Rolle hineingestei-
gert, alles um sich herum ausgeblendet. Erst allmählich kam
er wieder zu sich, begriff, dass er sich nicht auf der Bühne
eines Theaters, sondern in einem Hotelzimmer befand. Mit
der Rückkehr in die Realität war auch die Krankheit wieder
präsent, kehrten Brustschmerzen und Luftmangel zurück,
gehörten Tabletteneinnahme und Inhalation zum gewohn-
ten Ritual. Er war verzweifelt. Das Lachen des Lelio hatte
sich in das Weinen eines alten todkranken Mannes verwandelt.

*

Dem Theaterplatz war ein völlig neues Erscheinungsbild verpasst worden. Die moderne Anlage diente den Li-
nienbussen als Umsteigestation, fügte sich insgesamt gut in
das Altstadtensemble ein. Ein Biergarten, Bier- und Weinlokale sowie Cafés säumten den Platz. Nur das bei Einheimischen beliebte Restaurant war längst nicht mehr der
Anziehungspunkt von einst. Der frühere Wirt, ein stadtbe-
kanntes Original, hatte sich zurückgezogen. Zu seinen Ma-
rotten zählte die Eigenschaft, für Biernachschub erst dann

zu sorgen, wenn der Deckel auf dem Humpen geöffnet auf dem Tisch stand.

Drei Tore markierten die Grenze der ehemaligen Stadtbefestigung. Dazwischen lagen die zum Teil engen Gassen, in denen reger Betrieb herrschte. Bedauerlich war das unaufhaltsame Ladensterben, das Verschwinden der kleinen Spezialgeschäfte aus dem Stadtbild. Mehr und mehr breiteten sich die großen Handelsketten aus, trugen zum Einheitsbrei deutscher Einkaufskultur bei. Doch auch dort, wo sich der traditionelle Familienbetrieb halten konnte, war der Wandel spürbar. Entweder hatte ein Nachfahre oder, wo es diesen nicht gab, ein neuer Besitzer das Geschäft übernommen. Gleiches galt für die Gastronomie. Für ihn war damit ein Stück Erinnerung verloren gegangen. So vermisste er seinen Buchhändler, der ihn hin und wieder für Lesungen verpflichtet hatte, ebenso wie seinen Weinhändler, bei dem er ab und zu einen fränkischen Schoppen trank. Bei dem einen war eine auswärtige Pächterin eingestiegen, bei dem anderen hatte der Sohn die Nachfolge angetreten.

Am Marktplatz ließ er sich im Außenbereich eines Cafés nieder. Das spätsommerliche Wetter wollte er noch einmal in vollen Zügen genießen. Viel Zeit blieb ihm ja nicht mehr. Er bestellte ein Stück Zwetschgenkuchen mit Streuseln obendrauf und einen doppelten Espresso. Für einen Moment glaubte er, die Welt sei in Ordnung. Erst die wiederkehrenden Krämpfe in der Brust trübten seine Stimmung, zwangen ihn zur Einnahme einer Tablette. Das dafür benötigte Wasser war ihm zum Espresso gereicht worden. Er wartete ein paar Minuten, bis sich die Schmerzen gelegt hatten. Dann verzehrte er den Kuchen, trank den Espresso, zahlte und ging.

Das Theater erblickte er schon von weitem. In der Abenddämmerung verbreitete die Fassade ein Flair, das die Aufmerksamkeit noch stärker als am Tage auf sich zog. Die Fenster waren rundum erleuchtet. Außerdem tauchten Scheinwerfer das Gebäude in ein mattes Licht. Er ging die Stufen hinauf und trat vor die Kasse.

Der junge Mann sah ihn nur kurz an. Ehe er ein Wort sagen konnte, reichte ihm dieser die Eintrittskarte. Sein Neffe habe sie für ihn hinterlegt. Er kenne sich ja aus. Er wünsche ihm viel Vergnügen.

Das könne ja heiter werden, dachte er. Da erkannte ihn einer, der ihn nie leibhaftig auf der Bühne erlebt hatte. Wie würde erst sein damals noch junges Stammpublikum reagieren? Er betrat das Foyer mit gesenktem Kopf, begab sich auf direktem Weg in die Loge, die der Neffe – vielleicht gar mit dem Hintergedanken, von den Zuschauern entdeckt zu werden – für ihn reserviert hatte. Er aber wollte unerkannt bleiben. Wenigstens saß er allein in dem Kabuff, wenn er sich auch wie auf einem Präsentierteller serviert fühlte. Um eine Enttarnung möglichst auszuschließen, verkroch er sich im hinteren Teil der Loge.

Sein Neffe spielte den Lelio souverän. Er musste hin und wieder an seinen eigenen Auftritt denken. Und er beneidete den Sohn seiner Schwester um den Applaus des Publikums. In seinem Schauspielerleben hatte es nichts Schöneres gegeben. Überrascht war er beim Anblick eines ihm vertrauten Gesichts. Der Darsteller, der damals im selben Stück mit ihm auf der Bühne gestanden und den

Florindo verkörpert hatte, brillierte jetzt in der Rolle des Pantalone. Er war also noch immer an diesem Theater engagiert, gehörte inzwischen zur alten Garde. Er war nur wenige Jahre jünger als er, musste allmählich auch auf die Achtzig zugehen.

Die Pause nutzte er für einen Besuch hinter den Kulissen. Er hatte sich ein paar Minuten früher davon gestohlen, wollte eine Begegnung mit den Besuchern unbedingt vermeiden. Als der Vorhang fiel, stand er bereits vor der Bildergalerie. Eine Großaufnahme zeigte ihn ohne Kostüm und Maske. Auch viele der dort abgebildeten Kollegen und Kolleginnen waren ihm in Erinnerung geblieben. Bis auf den Darsteller des Pantalone hatte er jedoch keinen mehr wiedergesehen.

Sein Neffe erwartete ihn in der Garderobe. Er hatte damit gerechnet, dass ihn die pure Neugier hinter die Bühne trieb. Na, wie sei er gewesen?

Ganz gut, antwortete der Onkel grinsend.

Sei das alles, was er zu sagen habe? Er forderte demonstrativ ein Lob – die Hände in die Hüften gestützt.

Er sei natürlich großartig gewesen.

Immer noch der Alte, sagte der Neffe und boxte ihn sacht in die Seite.

Beide verließen die Garderobe. Hinter der Bühne wartete das Ensemble auf den letzten Aufzug.

Sein früherer Partner erkannte ihn erst beim zweiten Hinsehen. So eine Überraschung. Das sei doch der HDM.

Ob er sich noch daran erinnere, wie sie beide in dem Stück aufgetreten seien? ER habe damals den Florindo gespielt.

Und ob er das noch wisse. ER sei damals der Lelio gewesen. Woher kenne er eigentlich den jungen Mann, der jetzt diese Rolle spiele?

Er sei sein Neffe.

Dann habe die Schauspielerei wohl Tradition in der Familie?

Das könne man so sagen.

Beide umarmten sich.

Der Neffe trat hinzu. Ob er nach der Vorstellung in den Ratskeller mitkommen wolle? Das gesamte Ensemble treffe sich dort zu einem Umtrunk.

Warum nicht. Dann wünschte er noch toi, toi, toi! und ging zurück in die Loge.

Nach dem letzten Vorhang versammelten sich alle Mitwirkenden hinter den Kulissen. Sein Neffe holte ihn in der Loge ab, führte ihn von dort auf die jetzt unbeleuchtete Bühne und zog sich danach zurück. Dann gab er einem Techniker und dem nach oben geeilten Beleuchter ein Zeichen. Der Vorhang öffnete sich, der Lichtkegel eines Scheinwerfers erfasste ihn. Im Zuschauerraum, dessen Lampen zunehmend an Helligkeit einbüßten, bis sie vollständig erloschen waren, saßen an die hundert Besucher. Sie hatten ihn trotz seiner Tarnung erkannt. Nacheinander erhoben sie sich von ihren Plätzen, überschütteten ihn mit donnerndem Applaus und riefen immer wieder HDM. Er war zu Tränen gerührt. Mit einem derartigen Empfang hatte er nicht gerechnet. Er verbeugte sich ein ums andere Mal und kehrte der Bühne erst den Rücken, nachdem der letzte Besucher gegangen war.

*

Die Fassaden der den Marktplatz umgebenden Häuser wurden angestrahlt. Sogar die um das Denkmal angeordneten Fontänen waren noch in Betrieb, schossen im Schein der in den Boden eingelassenen Leuchten in die Höhe. Das Ensemble betrat den Ratskeller, dessen Gewölbe dem riesigen Raum eine besondere Note verlieh, und nahm an dem großen runden Tisch Platz. Der Kollege und sein Neffe setzten sich zu ihm. Eine weibliche Bedienung nahm die Bestellung auf. Einige wollten noch eine Kleinigkeit essen, andere nur ein Bier oder einen Wein trinken. Er orderte ein Bier. Schon bald standen die Gläser mit den Getränken auf dem Tisch. Sie stießen miteinander an. Dann bildeten sich Gruppen, die untereinander diskutierten. ER, sein Neffe und der frühere Kollege freuten sich über ihr Wiedersehen. Sie sprachen über alles Mögliche: über ihr Privatleben; über ihre Rollen auf den Brettern, die die Welt bedeuteten; über die zufällige Begegnung seiner Tochter mit dem Neffen beim Fischerstechen; und über die Zukunftspläne des Letzteren. Nur seine Krankheit verschwieg er. Dann bat er um Entschuldigung. Die Schmerzen in der Brust hatten sich zurückgemeldet. Er stieg die Stufen zu den Toiletten hinunter, nahm eine Tablette aus der Dose, steckte sie in den Mund, öffnete einen der Wasserkräne und schluckte das Medikament mit dem kühlen Nass hinunter. Dann ging er wieder nach oben und setzte sich an den Tisch.

Der Kollege und sein Neffe hatten während seiner Abwesenheit gerätselt, was mit ihm los war. Das schmal gewordene Gesicht, die tief liegenden Augen und die eingefallenen Wangen waren ihnen nicht entgangen. Auch nicht die Atemprobleme, wenn er immer wieder tief Luft holen musste. Dass er schwerkrank war, ahnten sie. Dass er dem Tod so nahe war, blieb allerdings sein Geheimnis.

Die Tochter

Der alte Mann nahm die Regionalbahn zurück in die Bischofsstadt. Er wurde erneut nicht kontrolliert. Als störend empfand er die ständigen Fahrtunterbrechungen, wenn der Zug an jeder Station einen Zwischenhalt einlegte. Auch das Gepolter über seinem Kopf, das ständige Hin- und Hertrampeln der Reisenden in der oberen Etage des Doppelstockwagens, nervte ihn gewaltig.

Auf der anderen Seite des Ganges hatte sich ein gammliger Typ breitgemacht. Das Gepäck, das dem Hausrat eines Obdachlosen glich, war auf mehrere Sitze verteilt. Die Klamotten zeigten an einigen Stellen Risse. Die Beine mitsamt den schmutzigen Schuhen hatte er auf das gegenüber liegende Polster gelegt. Sein Gesicht war unrasiert, das strähnige Haar ungekämmt. Er stank erbärmlich, musste sich wohl seit Wochen nicht mehr gewaschen haben. Zu seinen Füßen kauerte ein Hund – ein ausgesprochen hässlicher Köter, der in regelmäßigen Abständen penetrant kläffte.

Einige Fahrgäste, die unmittelbar vor oder hinter ihm saßen, suchten das Weite, ließen sich woanders nieder. Er hingegen, dessen Abstand zu dem Mann groß genug war, verharrte auf seinem Platz. Er schaute immer wieder zu ihm hinüber. Er war einfach nur sprachlos, wie ein Mensch derart verlottern konnte. Mit Armut hatte das nichts zu tun.

In der Bischofsstadt hielt der Zug. Er stieg mitsamt seinem Gepäck aus. Auf dem Bahnhof wurde er von seinem familiären Anhang empfangen. Er umarmte alle drei der

Reihe nach: erst den Enkel, der auf ihn zugelaufen kam; dann die Tochter, die ein paar Tränen vergoss; und schließlich den Schwiegersohn, der ihm die beiden Koffer abnahm.

Die Tochter sah ihn skeptisch an. Sie spürte sofort, dass mit ihm etwas nicht stimmte. Wie es ihm gehe, fragte sie.

Es gehe so, antwortete er.

Warum schwindle er? Sie sehe doch, dass es ihm nicht gut gehe. Sie kenne ihn weiß Gott lange genug.

Sie brauche sich keine Sorgen zu machen. Er sei nun mal ein alter Mann. Und im Alter nehme die Anzahl der Zipperlein zu.

Sie glaube ihm kein Wort.

Sie fuhren mit dem Dienstwagen des Schwiegersohns in die nicht weit vom Bahnhof entfernte Neubausiedlung. Beim Brauereimaschinenhersteller, der ihm das nagelneue Fahrzeug zur Verfügung gestellt hatte, war er für den Vertrieb zuständig, befand sich häufig auf Dienstreise. Für den seltenen Besuch des Schwiegervaters hatte er sich extra freigenommen.

Nach wenigen Minuten erreichten sie das Reihenhaus. Die Tochter öffnete die Tür und ging voran. Der Enkel nahm ihn an der Hand und zog ihn in den Flur. Und der Schwiegersohn trug die Koffer gleich ins Gästezimmer, das sich wie Schlafzimmer, Kinderzimmer und Bad im Obergeschoss befand. Er konnte ihm nur mühsam folgen und war froh, die steile Treppe nicht mit Gepäck hinaufgehen zu müssen.

Wenig später kamen die beiden Männer von oben herunter. Die Tochter hatte Kaffee gekocht und den Tisch

gedeckt. Ihren selbstgebackenen Kuchen liebte er besonders – im Gegensatz zu den gekauften Backwaren seiner
Schwester.

Der Enkel erschien und stellte sich in Positur. Er hatte
sich als Mackie Messer verkleidet. Er wolle auch Schauspieler werden, sagte er.

Er komme erstmal aufs Gymnasium, sagte sein Vater.
Da müsse er fleißig lernen, um später das Abitur zu schaffen.

Sein Vater habe recht, stimmte sein Großvater zu. Danach könne er immer noch auf die Schauspielschule gehen.

Er wolle zum Theater gehen. Nicht aufs Gymnasium
und auch nicht zur Schauspielschule.

So einfach sei das nicht, belehrte ihn seine Mutter. Auch
das Theater setze eine höhere Schulbildung und ein Studi-
um voraus.

Der Opa habe doch auch nicht studiert.

Und ob der studiert habe, korrigierte er seinen Enkel.
Auch sein Onkel habe die Schauspielschule besucht.

Da müsse er ja noch ewig warten.

So sei das nun mal. Er strich dem Zehnjährigen über die
Haare.

Sie nahmen rund um den Tisch Platz. In den nächsten
Minuten herrschte Schweigen. Die Tochter sah ihn hin und
wieder an. Um seinen gesundheitlichen Zustand machte sie
sich große Sorgen. Sie wusste aber, dass er auf gar keinen
Fall bemitleidet werden wollte. Alle vier griffen jetzt nach
dem selbstgebackenen Kuchen. Dazu tranken sie Kaffee,
der Enkel Kakao.

Er habe übrigens ihren Vetter auf der Bühne gesehen, sagte er zu seiner Tochter, um die allgemeine Sprachlosigkeit zu beenden. In der Rolle des Lelio in Goldonis DER LÜGNER. Er sei großartig gewesen. Auch dass SIE ihm begegnet sei – zufällig beim Fischerstechen – habe er von ihm erfahren. Dann erzählte er, was er sonst noch in ihrer Geburtsstadt erlebt habe: dass er ihre Wohnung in der alten Jugendstilvilla besucht, seinen früheren Hausarzt auf dem Marktplatz getroffen und die Ovationen seines ehemaligen Stammpublikums entgegengenommen habe. Die minutenlangen HDM-Sprechchöre werde er so schnell nicht vergessen.

HDM, fragte der Enkel. Was bedeute das?

Das sei die Abkürzung für den vollständigen Namen seines Großvaters, erklärte ihm seine Mutter.

Komisch.

Was sei daran komisch?

Der Enkel kicherte verlegen.

Er sah seine Tochter im Alter ihres Sohnes vor sich. Sie war ein ausgesprochen liebes Kind. Er trauerte dieser Phase nach. Viel Zeit war ihm nie geblieben: vormittags ging sie in die Schule, schlief er sich aus oder musste zur Probe; nachmittags lernten beide, machte sie ihre Hausaufgaben, war er mit seinen Rollen beschäftigt; und abends stand er meistens auf der Bühne, kam erst spät heim, erlebte sie nur noch niedlich schlummernd in ihrem Bett.

Auch die Ehe litt unter seinem Beruf, was für die Frau allerdings vorhersehbar war. Gemeinsam konnten sie fast nichts unternehmen. Wenn sie einen Einkaufsbummel durch die Stadt plante, kam ihm das Rollenstudium in die Quere. Und wenn sie am Abend ausgehen wollte, musste er vor seinem Publikum auftreten. Mit der Zeit wurde das Theater sein zweites Zuhause – mit der Folge, dass sich ihre Wege trennten.

Ein Glücksgriff war der Schwiegersohn, wusste er doch seinen einzigen Abkömmling in guten Händen. Der Diplom-Ingenieur sorgte für seine Familie, war trotz der beruflich bedingten Reisetätigkeit stets für sie da. Mit seiner Frau flanierte er ab und zu durch die Stadt. Im Anschluss an die Besorgungen landeten sie entweder in einem Café oder im Kino. Mit dem Sohn tollte er meistens auf dem nahen Spielplatz herum, ging mit ihm in ein Puppentheater oder in den Zirkus. Und mit beiden fuhr er an manchen Wochenenden ins Grüne. Auch ihren Urlaub verbrachten sie während der Schulferien gemeinsam. In dieser Hinsicht war ER nicht gerade ein leuchtendes Vorbild.

Freude bereitete auch der Enkel. In der Schule kam er gut voran. Die Aufnahme aufs Gymnasium war nur noch Formsache. Auch sonst gab es keinen Anlass zur Klage. Er war eben ein richtiger Junge. Und wenn die Eltern mal keine Zeit für ihn hatten, kam er ohne weiteres allein zurecht. Nur wenn ER zu Besuch war, wirkte er ein wenig aufgedreht. Dann wollte er unbedingt Schauspieler werden.

Ob er ein Glas Wasser haben könne, fragte er seine Tochter. Die in seinem Körper stationierten Metastasen hatten erneut zum Angriff geblasen.

Er könne auch eine Flasche haben, antwortete sie und ging in die Küche.

Ein Glas genüge, rief er ihr nach, griff in die rechte Jackentasche, fummelte – für den Schwiegersohn unsichtbar – an der Dose herum, bekam nach mehreren gescheiterten

Versuchen endlich eine Tablette zu fassen und steckte sie in einem günstigen Augenblick in den Mund.

Die Tochter kehrte aus der Küche zurück und reichte ihm das Glas Wasser.

Er schluckte die Tablette mit der Flüssigkeit hinunter.

Irgendetwas stimme doch nicht mit ihm, sagte sie.

Wie komme sie darauf? Weil er Wasser trinke? Im Alter müsse man viel trinken. Mehr wollte er dazu nicht sagen. Mulmig war ihm nur zumute, wenn er daran dachte, die steile Treppe zum Gästezimmer hinaufsteigen zu müssen. Schon beim ersten Anlauf war ihm die Luft weggeblieben. Nur bemerkt hatte es niemand.

Der kleine Garten war eine friedliche Oase inmitten des pulsierenden Stadtlebens. Wie drinnen hielten die beiden auch draußen alles in Schuss. Nur mit der Ordnung nahmen sie es nicht so genau. Sauberkeit, Funktionalität und Zweckmäßigkeit waren ihnen wichtiger als Akkuratesse. Die bequemen Gartenmöbel zogen ihn magisch an. Er setzte sich auf einen der verstellbaren Sessel.

Sein Enkel lief ihm nach, wollte mit ihm Theater spielen. Er war nach wie vor als Mackie Messer verkleidet.

Er solle den Opa eine Weile in Ruhe lassen, ermahnte ihn seine Mutter. Sein Freund von nebenan habe eben nach ihm gefragt. Er wolle mit ihm Fußball spielen. Er müsse sich aber vorher umziehen. So könne er nicht auf die Straße gehen. Bis zum Fasching sei es noch lange hin.

Der Enkel gab den Clown, folgte ihr aber ohne Widerworte ins Haus.

Jetzt saß er allein im Garten. Mit den Schattenseiten eines Reihenhauses wurde er konfrontiert, als der Nachbar zur Linken einen Blick über die Hecke warf, sich gewaltig strecken musste, um ihn zu erkennen, kurz innehielt und sogleich wieder abtauchte. Ein Schauspieler sei bei denen zu Besuch, hörte er den Mann flüstern. Vermutlich galt die Nachrichtenübermittlung seiner Frau. Der habe mal den Faust gespielt. Ob sie sich daran noch erinnere? Sein Bild sei in allen Zeitungen erschienen. Dann wurde es still.

Er konnte es nicht fassen, dass die meisten Leute, denen er bisher begegnet war, davon faselten, den Faust gespielt zu haben. Sogar seine Schwester gehörte dazu. Dabei konnten Figuren wie Faust und Mephisto gar nicht verwechselt werden. Und er war sich dessen sicher, dass der neugierige Zaungast noch nie ein Theater betreten, zumindest aber Goethes FAUST noch nie gesehen hatte. Sonst hätte er den Unterschied zwischen dem Doktor und dem Teufel gekannt.

Ob er Lust auf die Altstadt habe, fragte die Tochter. Aber nur, wenn er sich wohlfühle.

Er fühle sich wohl. Die von ihren Attacken erschöpften Metastasen hatten eine Kampfpause eingelegt. Und das Lungenkarzinom als Oberbefehlshaber des Angriffs hielt die logistisch wichtigen Atemwege vorerst frei. Wie weit sei es denn zu Fuß in die Altstadt?

Sie führen mit dem Auto.

Er sei lange nicht mehr dort gewesen.

Die Altstadt habe sich kaum verändert. Schließlich sei sie ja zum Weltkulturerbe erklärt worden.

Ihre Geburtsstadt sei hingegen kaum wiederzuerkennen. Unter dem Motto WERTE UND WANDEL habe sich eine Menge bewegt. Nur über die ehemalige Grenze sei er diesmal nicht gekommen. Dabei solle drüben Ordentliches geleistet worden sein – selbst wenn sich nicht jede Gegend in eine blühende Landschaft verwandelt habe.

Da habe er sicher einiges versäumt, sagte der Schwiegersohn, während er sich ans Steuer setzte. Der Osten könne sich inzwischen sehen lassen.

Er nahm auf dem Beifahrersitz Platz. Der Rest der Familie stieg hinten ein. Dann setzte sich der Wagen in Bewegung.

Ob sie sich überhaupt an die Grenze erinnern könne, fragte er seine Tochter. Sie sei damals noch ein Kind gewesen.

Und ob sie sich erinnere.

Er sei oft mit ihr am Zaun entlang geradelt.

So oft nun auch wieder nicht. Er habe ja selten Zeit für sie gehabt.

Das stimme allerdings.

Das solle aber kein Vorwurf sein.

Das gehe schon in Ordnung. Wenigstens habe er ihr die menschenverachtenden Vorgänge an der Grenze zu erklären versucht: dass der Posten auf dem Wachturm gestanden habe, um mit einem Feldstecher nach dem Klassenfeind Ausschau zu halten; und dass ein Militärfahrzeug in Sichtweite zum Zaun auf Patrouille gegangen sei, um Fluchtversuche zu vereiteln.

O ja, das habe er.

Oder wie er sie gleich nach dem Mauerfall besucht habe. Sie sei mittlerweile volljährig gewesen. Wie er mit ihr nach drüben in den maroden Arbeiter- und Bauernstaat gefahren sei: mit renovierungsbedürftigen Häusern, Straßen voller

Schlaglöcher, qualmenden Schloten samt typischem Braunkohlengestank, Lautsprechern zwecks Verbreitung sozialistischer Parolen, in Nebelschwaden gehüllten Zweitaktern, einem platt gewalzten Dorf und einem Horchposten der Stasi.

Daran könne sie sich noch sehr gut erinnern.

Vom Parkhaus waren es nur ein paar Meter bis zum Rathaus, das von tosendem Wasser umspült wurde. Herrlich war von hier aus der Blick auf den Fluss mit den alten Fischerhäusern am gegenüber liegenden Ufer. Dort fand im Sommer das Fischerstechen statt. Er genoss das Panorama. Erst der Anstieg zum Dom bereitete ihm Probleme. Schwiegersohn und Enkel hatten die Anhöhe bereits erklommen und warteten vor dem Domportal. Seine Tochter blieb bewusst zurück, machte möglichst kleine Schritte, wich nicht von seiner Seite. Sie bemerkte seinen zunehmenden Luftmangel. Als sie oben angekommen waren, entschädigte die Aussicht auf die zu Füßen liegende Stadt für den beschwerlichen Weg.

Er wollte ein letztes Mal einen Blick ins Innere der Basilika werfen – auf den Reiter, auf die kaiserlichen und päpstlichen Sarkophage. Er träumte vom eigenen Grab in diesem Gotteshaus, musste bei dem Gedanken aber schmunzeln. Dabei war ihm eher zum Weinen zumute, hielt er sich doch zum letzten Mal im Kreis seiner Familie auf.

Die Krönung

Der alte Mann hatte die Bischofsstadt hinter sich gelassen. Er war noch einmal in Richtung Westen unterwegs, suchte jenen Landstrich auf, der einst von Kohle und Stahl beherrscht wurde. Auf der ersten Etappe fuhr er mit der Regionalbahn in seine Geburtsstadt zurück. Er hatte Tränen in den Augen, saß zum Glück allein im Waggon. Der Abschied von der Tochter und ihrer Familie war ihm so schwer gefallen wie noch nie – war es doch ihre letzte Begegnung gewesen. Das nächste Mal würden sie an seinem Sarg stehen und Lebewohl sagen, danach das schlichte Grab aufsuchen, bis ihre Trauer bloßer Erinnerung gewichen war. Seine Asche mitsamt der biologisch abbaubaren Urne würde sich irgendwann mit dem Erdreich vermischen. Inwieweit sein Name unsterblich blieb, würde die Zukunft zeigen. Mit dem nahen Tod hatte er sich längst abgefunden, war auf seinen irdischen Abgang vorbereitet. Seine Abschiedstour wollte er dennoch durchstehen. Alle möglichen Gedanken schossen ihm durch den Kopf, malträtierten sein noch intaktes Gehirn. Irgendwann nickte er ein.

Die Ankunft im Hauptbahnhof seiner Heimatstadt hatte er gar nicht mitbekommen. Erst ein Eisenbahner, der seinen üblichen Kontrollgang durch alle Wagen absolvierte, holte ihn aus seinem Tiefschlaf. Er sah auf seine Armbanduhr und erschrak. Die in den Kohlenpott fahrende Hochgeschwindigkeitsbahn hatte er verpasst. Verärgert ergriff er die beiden Koffer und stolperte aus dem Zug.

Vollends durcheinander war er, als er auf den Titelseiten der Boulevardblätter sein Konterfei entdeckte. Daneben war ein Bericht unter der Überschrift HDM AUF AB-SCHIEDSTOUR abgedruckt. Zornesröte stieg ihm ins Gesicht. Woher wussten die Paparazzi von seiner Tour? Schon in der Vergangenheit musste er sich mit den Schmierfinken auseinandersetzen, musste die schlagzeilenträchtige Berichterstattung über das Ende seiner Ehe wehrlos über sich ergehen lassen. Um die Auflagen der sensationslüsternen Regenbogenpresse zu steigern, war dem Enthüllungsjournalismus jedes Mittel recht. Empört über die unerwünschte Publikation hätte er den Zeitungsständer am liebsten umgestoßen. So aber zügelte er seine Wut, kämpfte sich – mit seinem schweren Gepäck nach Luft ringend – möglichst unauffällig durch die Menschenmenge. Im Gedränge der auf dem Bahnsteig wartenden Fahrgäste hoffte er schließlich untertauchen zu können.

Die über Stufen erreichbare Säulenvorhalle und die dahinter liegende riesige Glasfront verlieh dem Schauspielhaus ein modernes Gesicht. Das Foyer erstreckte sich über drei Etagen: unten befanden sich die Eingangstüren, in der Mitte konnten sich die Besucher auf Bänken niederlassen und von oben bot sich – hinter einem Geländer und unter großen Leuchtern – ein Blick in die Tiefe und nach draußen. Der trapezförmig angelegte Bau entsprach zwar nicht seinem Geschmack, erfüllte aber den Zweck eines modernen Theaters. Der Schwerpunkt lag auf der Qualität der Aufführungen und nicht auf der Monumentalität eines Musentempels. Die Folge war, dass alles, was unter Regisseuren Rang und Namen hatte, auf dieser Bühne seine

Visitenkarte abgab. Zwei dieser Koryphäen hatten wesentlich zu seinem schauspielerischen Erfolg beigetragen.

Der eine hatte inzwischen das Zeitliche gesegnet. Als er das Haus übernahm, zog ein neuer Stil ein – in Dramaturgie und Inszenierung, in Vermarktung und Bewirtung. Er umgab sich mit Hausautoren und wirkte selbst an Texten mit. Er sorgte für spektakuläre Szenen mit ausgefallenen Bühnenbildern, gewöhnungsbedürftigen Kostümen und eigenwilliger Sprache. Auch die traditionelle Kleidung des Publikums hatte er verändert. Er führte die Wahlmiete ein, kooperierte mit anderen Theatern und dem Fernsehen. Und er servierte in den Pausen nicht Sekt und Appetithäppchen, sondern Punsch und Pichelsteiner.

Der andere sorgte seit Jahren am Burgtheater für Furore. Als er seinem Vorgänger folgte, wurden Übereinstimmungen und Gegensätze gleichermaßen deutlich. Mit dem Hang zum politischen Theater war es mit den Gemeinsamkeiten aber auch schon vorbei. Einerseits ließ er kaum jemanden an sich heran, folgte diszipliniert und konsequent seiner Linie. Andererseits feierte er mit dem Ensemble Triumphe, erreichte eine hohe Auslastung der verfügbaren Besucherkapazität. Ur- und Erstaufführungen lösten sich ab, wurden fast schon zur Regel. Die internationalen Medien übertrafen sich in anerkennender Berichterstattung.

Die nächste Bahn fuhr erst in einer Stunde. Er hockte sich erschöpft auf die beiden nebeneinander stehenden Koffer. Ungeduldig wartete er auf die Ankunft seines Anschlusszuges. Denn längst pendelten die ersten Köpfe hin und her, verglichen das abgedruckte Foto in den Gazetten mit seinem Gesicht. Dann war es endlich soweit. Das Wunder der Technik, das sich wie eine gigantische Raupe auf den Gleisen fortbewegte, kam pünktlich an, lief fast geräuschlos in den Bahnhof ein. Er bestieg den unmittelbar vor ihm stoppenden Waggon, fand auf Anhieb ein leeres Abteil. Die Freude währte allerdings nicht lange.

Ein schmächtiger Brillenträger gesellte sich zu ihm. Zum grau-blau karierten Anzug trug er eine rote Fliege und rote Schuhe. Mit offenem Mund starrte er ihn eine Weile an. Entschuldigung! sagte er. Könne es sein, dass er ihn schon mal irgendwo gesehen habe?

Woher solle ER das wissen, antwortete er, ohne den Mann anzuschauen.

Draußen schallte es aus einem Lautsprecher. Danach ertönte ein Pfiff. Der Zug setzte sich in Bewegung.

Ach ja, wie dumm von ihm, fuhr der Mann fort und fasste sich an die Stirn. Er habe sein Bild doch eben erst in der Zeitung gesehen.

Er meine, in den Klatschspalten der Boulevardpresse. Erbost stellte er fest, dass man ihn wieder einmal erkannt hatte.

Wie dem auch sei, sagte der Mann und fummelte an seiner Fliege herum. Für die Medien scheine er jedenfalls interessant zu sein.

Er schwieg.

Künstler seien grundsätzlich interessante Leute. Vor allem Schauspieler. Er sei doch Schauspieler?

Wenn er es wisse, warum frage er dann?

Nur so. Wenn er sich nicht irre, sei er Filmschauspieler.

Er irre sich. Er habe noch nie vor der Kamera gestanden.

Dann also auf der Bühne, sagte der Mann und fasste sich erneut an die Stirn. Natürlich. Er habe den Doktor Faust gespielt.

Jetzt fange der auch damit an, dachte er und sah sein Gegenüber fassungslos an. Er habe noch nie den Doktor Faust gespielt – immer nur den Mephisto. Warum denke alle Welt, dass er den Faust gespielt habe?

Wer denn noch. Es schien den Mann zu beruhigen, dass er nicht der einzige war, der die beiden Figuren verwechselt hatte.

Als wenn in Goethes Tragödie nur der Faust auftrete, murmelte er vor sich hin und schüttelte den Kopf.

Dann sei es eben der Mephisto gewesen. Man könne sich ja mal täuschen.

Er schwieg.

Was heiße übrigens, er HABE den Mephisto gespielt? Er stehe doch nach wie vor auf der Bühne.

Nein, das tue er eben nicht, polterte er.

Aber er befinde sich doch auf seiner Abschiedstour.

Wer behaupte das?

Na die Presse. Stehe doch in großen Lettern auf allen Titelseiten.

Er glaube wohl alles, was diese Aufzucht von Schmierfinken von sich gebe.

Der Mann sah ihn irritiert an. Dann hielt er für einige Minuten den Mund. Ein ums andere Mal zupfte er an seiner roten Fliege. Zwischendurch nahm er die Brille ab, rieb die Gläser an der Jacke seines grau-blau karierten Anzugs und setzte das Gestell wieder auf.

Er erinnerte sich an die Rolle des Marquis von Keith in Wedekinds gleichnamiger Hochstapler-Tragikomödie. Der Marquis tanzte auf zwei Hochzeiten. Neben seiner bürgerlichen Lebensgefährtin Molly hielt er sich die Gräfin Anna Werdenfels als standesgemäße Freundin. Letzterer wollte er als Gesangsstar zu Ruhm verhelfen – mit dem Hintergedanken, seine maroden Finanzen zu sanieren. Also gründete er ein Unternehmen. Doch damit nicht genug. Privat machte er aus dem Moralapostel Ernst Scholz einen Genussmenschen. Und für seine Firma startete er eine Imagekampagne, indem er ein üppiges Gartenfest veranstaltete. Das Ende war abzusehen: der Betrieb ging pleite, die Gräfin entschied sich für den Großkaufmann Casimir, Scholz – von der Adligen abgewiesen – begab sich in eine Heilanstalt, Molly ertränkte sich aus Verzweiflung in der Isar und Keith wollte sich erst erschießen, legte dann aber den Revolver beiseite und beschloss weiterzuleben.

Ihm fiel eine weitere Figur ein, die er mit Leidenschaft verkörpert hatte – der Götz in Sartres DER TEUFEL UND DER LIEBE GOTT. Das Stück spielte zur Zeit der Bauernkriege. Im Mittelpunkt standen der Ritter Götz, der Priester Heinrich und der Bauernführer Nasty. Götz forderte Gott, den er als einzigen ebenbürtigen Gegenspieler anerkannte, durch das Böse heraus. Als er erfuhr, dass alle Menschen nur Böses tun, versprach er, sich im Falle eines verlorenen Würfelspiels auf die Seite des Guten zu schlagen. Er spielte, betrog absichtlich und verlor. Nun drehte er den Spieß um. Er forderte Gott durch das Gute heraus. Heinrich, der stets für das Gegenteil von Götz eintrat – also Gutes tat, solange Götz auf der Seite des Bösen stand und umgekehrt – prophezeite seinem Widersacher, auch mit dem Guten keinen Erfolg zu haben. Götz ignorierte die Vorhersage. Er beschenkte die Armen und küsste sogar einen Aussätzigen. Doch jeder misstraute ihm und hofierte stattdessen den Ablassverkäu-

fer Tetzel. Auch das Werben um Nastys Beistand blieb erfolglos. Den letzten Ausweg sah er darin, sich mit dem Dolch Christi Wunden zuzufügen. Das Volk, das in Erwartung des Blutes Christi auf den Betrug hereingefallen war, gewann er nun für sich. Die Freude währte aber nicht lange. Was Götz auch Gutes tat, es endete stets im Bösen. Heinrich hatte schließlich recht behalten. Und Götz erkannte, dass er gescheitert war. Er machte erneut eine Kehrtwende, wandte sich endgültig dem Bösen zu: er tötete Heinrich, löste Nasty als Bauernführer ab, schaffte einen weiteren Anführer, der sich seinem Befehl widersetzt hatte, aus dem Weg und zog in den Krieg.

Bis zu seinem Ziel musste der Zug noch zweimal halten. In diesem Augenblick stoppte er das erste Mal. Nur wenige Leute stiegen ein. Das Abteil blieb von weiteren Fahrgästen verschont. Es vergingen einige Minuten, ehe die Hochgeschwindigkeitsbahn ihre Fahrt fortsetzte.

Als Schauspieler – Pardon! Als ehemaliger Schauspieler – lebe er sicher allein, suchte der Mann erneut das Gespräch.

Was gehe ihn das an?

Man sage doch immer, eine Künstlerehe halte nicht lange.

Ach ja. Und wer bitteschön sei MAN?

Na die Leute halt, druckste der Mann herum.

Er schüttelte den Kopf. Am liebsten hätte er dem Schwätzer einen Vogel gezeigt.

Dann habe er ja gar keine richtige Familie, sagte der Mann und holte ein Foto aus seiner Jackentasche.

Dass er längst Vater und Großvater war, behielt er für sich.

Das sei seine Frau, zeigte der Mann auf das Foto. Und das seien die Kinder – ein Sohn und eine Tochter.

Er warf einen flüchtigen Blick auf das Bild. Dass es ein Junge und ein Mädchen war, sah er selbst. Er musste sich das Lachen verkneifen. Die Frau war alles andere als eine Schönheit, passte aber gut zu dem Brillen- und Fliegenträger. Und die Kinder waren mit Sicherheit nicht seine eigenen. Entweder hatte er sie adoptiert oder sie stammten aus früheren Beziehungen seiner Frau. Der Sohn war eine Mischung aus schwarz und weiß, die Tochter hatte asiatische Gesichtszüge.

Der Mann steckte das Foto wieder in die Jackentasche. Danach laberte er einfach weiter, ließ sich auch nicht durch das beharrliche Schweigen seines Mitreisenden davon abhalten. Sein Repertoire schien unerschöpflich zu sein.

Der Zug legte an der nächsten Station einen letzten Zwischenhalt ein.

Eine attraktive junge Frau betrat das Abteil, fragte, ob die Plätze noch frei seien.

Er nickte.

Die junge Frau ließ sich neben dem Mann mit Brille und Fliege nieder. Sie hatte nur eine Handtasche bei sich. Sie warf dem alten Mann einen kurzen Blick zu.

Er war sich nicht sicher, ob er ihr schon mal begegnet war.

Der Mann mit Brille und Fliege holte eine Tupper-Dose aus seinem Reisekoffer, öffnete den Deckel, griff nach einem mit Käse belegten Butterbrot und biss hinein. Wenn er wolle, könne er auch ein Brot haben, sagte er mit vollem Mund und reichte ihm eines.

Er winkte ab. Danke! sagte er nur. Dann sah er wieder aus dem Fenster.

Ob SIE vielleicht das Brot möge, fragte der Mann seine Nachbarin und hielt ihr selbiges vors Gesicht.

Die junge Frau schüttelte den Kopf.

Der Mann schlang jetzt einen Bissen nach dem anderen hinunter. Einmal rülpste er, entschuldigte sich aber nicht. Irgendwann hatte er seinen Magen vollgestopft, würgte ein paarmal wie ein Wiederkäuer, stülpte den Deckel über den nun leeren Behälter und verstaute das Utensil im Koffer. Wie schön es sei, junges Blut neben sich zu haben, wollte er seinem Gegenüber wohl einen Seitenhieb verpassen.

Er reagierte nicht.

Die junge Frau lächelte verlegen.

Er müsse ihr ein Kompliment machen, sagte der Mann. Sie sei ausgesprochen sexy.

Er schüttelte den Kopf.

Die junge Frau errötete.

Schade, dass er nicht mehr jung sei, verfiel der Mann in Selbstmitleid.

Sie solle sich vor dem Herrn in acht nehmen, mischte er sich ein. Er sei verheiratet und habe zwei Kinder.

Die junge Frau kicherte.

Jetzt wurde der Mann verlegen. Sein Kopf lief rot an. Er wollte noch etwas sagen, bekam aber kein einziges Wort mehr heraus.

Endlich herrschte Stille. Beim nächsten Halt zerrte er seine Koffer aus dem Gepäcknetz und wünschte der Dame noch einen schönen Tag. Den Schwätzer würdigte er keines Blickes. Dann verließ er das Abteil und den Zug. Sein vorletztes Ziel, den Kohlenpott, hatte er erreicht. Dass die junge Frau ebenfalls ausgestiegen war, hatte er gar nicht bemerkt.

Die im Revier zu den Großstädten zählende Kommune interessierte ihn eigentlich nicht. Dabei gab es auch dort – außer dem international bekannten Schauspielhaus, in dem er aufgetreten war – einiges zu sehen, das über die Landesgrenzen hinweg von Bedeutung war: das Museum, das die Geschichte des Bergbaus anschaulich präsentierte, seine Tradition wachhielt und Führungen unter Tage anbot; die ehemalige Sternwarte, in der ein Amateurastronom als erster der westlichen Welt die Signale eines sowjetischen Satelliten aus dem Weltraum empfing; und die moderne Musicalbühne, deren Darsteller seit Jahren eine rasante Show auf Rollschuhen hinlegten und das Publikum auf die abenteuerliche Fahrt dahin rasender Lokomotiven mitnahmen.

Er erinnerte sich noch gut an die Zeit seiner Auftritte auf der renommierten Bühne, die als eine der wenigen weltweit alle Werke von Shakespeare aufgeführt hatte. Die Stadt, ja der ganze Kohlenpott befand sich damals im Umbruch. Das Zechensterben stürzte die gesamte Region in eine wirtschaftliche Krise, befreite sie aber zugleich von all dem Schmutz, der ihr Bild jahrzehntelang geprägt hatte. Die Ansiedlung zukunftsträchtiger Industrien, die Förderung von Bildung und Tourismus sollten für eine Wiederbelebung sorgen – was ansatzweise auch gelang. Am meisten beeindruckte ihn die Begeisterung der Einheimischen für jede Art von Kultur, was letztlich auch zu dem kolossalen Ruf des Schauspielhauses beigetragen hatte und wohl immer noch beitrug.

Der Empfang in der Stadt war ganz in seinem Sinn. Obwohl sein Gesicht auch auf den hiesigen Titelseiten prangte, interessierte sich kein Mensch für ihn. Dafür waren die Begleitumstände seiner Wiederkehr umso unangenehmer. Erstens schüttete es wie aus Kübeln. Und zweitens war weit und breit kein Taxi zu sehen. Als er obendrein noch die verrostete Skulptur in Bahnhofsnähe erblickte, hätte er am liebsten kehrtgemacht.

Mit einem Mal waren Bahnhofshalle und -vorplatz wie leer gefegt. Wo er auch hinsah, entdeckte er keine Menschenseele.

Plötzlich erschien eine nicht enden wollende Fahrzeugkolonne, verwandelte das Areal in einen riesigen Parkplatz. Ein ganzes Heer von Fotografen sprang aus den Limousinen und stürzte sich auf ihn. Der HDM sei da, schallte es über den Platz. Und schon brach ein Blitzlichtgewitter über ihn herein.

Mit den Koffern in der Hand wich er Stück für Stück zurück.

Die wild fotografierende Horde blieb ihm auf den Fersen.

Er solle ihr folgen, hörte er eine Stimme hinter sich. Als er sich umwandte, erkannte er die junge Frau, die in seinem Abteil gesessen hatte.

Sie eilte zum Hinterausgang, wo ihr Wagen stand, und wartete auf ihn. Er solle sich beeilen, rief sie ihm zu. Sie werde versuchen, die Paparazzi abzuschütteln.

Der Meute mit den Koffern zu entkommen, war gar nicht so einfach. Er bekam kaum noch Luft, musste immer wieder stehenbleiben. Doch schließlich hatte er es geschafft. Um keine weitere Zeit zu verlieren, warf er das Gepäck kurzerhand auf den Rücksitz des Fahrzeugs, wo er selbst Platz nahm.

Die junge Frau gab Gas und brauste davon. Mit dem Trick, die Fotografen zum Hinterausgang zu locken, war ihr ein genialer Schachzug gelungen. Bis die Presseleute ihre Autos erreicht hatten, war sie längst über alle Berge.

Zunächst brachte sie ihn zu sich nach Hause. Die Fahrt in Richtung seines Hotels war reiner Zufall. Sie kamen am Schauspielhaus vorbei, dessen Besuch er zwei Tage später geplant hatte, sausten über die Allee, die ab der Stadtgrenze als Landstraße zum Dorf mit der Herberge und zum Fluss hinunter führte, und bogen in eine Nebenstraße ein. Nach etwa hundert Metern standen sie vor dem Neubau, in dem sie ein Appartement besaß.

Die Koffer ließ er im Wagen zurück. Er folgte ihr ins Haus und dort ins erste Obergeschoss. Das Atmen fiel ihm wie immer schwer. In der Wohnung musste er erst einmal tief Luft holen. Dann nahm er im Wohnzimmer in einem bequemen Sessel Platz.

Die seien sie vorerst los, sagte sie. Irgendwann werde die Bande die Verfolgung aufgeben. Dann bringe sie ihn ins Hotel.

Er erblickte ein paar Fotos an der Wand, erhob sich und trat näher an die Bilder heran. Jetzt war ihm klar, an wen ihn die junge Frau erinnerte. Sie besaß eine unglaubliche Ähnlichkeit mit ihrem Vater, mit dem er etliche Jahre auf der Bühne des Schauspielhauses gestanden hatte.

Er habe seinen Kollegen wiedererkannt, nicht wahr? Sie ihn übrigens auch – zwar nicht sofort, aber nach längerem

Hinsehen. Er sei nur etwas schmaler geworden. Ihr Vater habe oft von ihm gesprochen.

Wie gehe es ihm?

Er liege auf dem Zentralfriedhof. Vor fünf Jahren sei er gestorben. Einfach so. Er sei friedlich eingeschlafen. Am nächsten Morgen habe er tot im Bett gelegen.

Dann habe er wenigstens nicht gelitten.

Nein. Ein solches Ende habe er sich stets gewünscht. Ob er einen Kaffee oder Tee trinken möge?

Ein Glas Wasser sei ihm lieber, antwortete er und fasste sich an die Brust.

Ihm gehe es offenbar nicht gut, sagte sie, ging in die Küche und kam mit einem vollen Glas zurück.

Er werde ihrem Vater wohl bald Gesellschaft leisten. Er holte eine Tablette aus der Dose und schluckte sie mit Wasser hinunter.

Was meine er damit?

Nichts Konkretes. Er sei eben ein alter Mann. Da lasse die Kraft mit der Zeit nach. Seine schreckliche Krankheit verschwieg er.

Wozu begebe er sich dann auf diese beschwerliche Reise?

Es sei seine Abschiedstour, antwortete er und wischte sich ein paar Tränen aus den Augen. Er wolle überall dort, wo er auf der Bühne gestanden habe, adieu sagen, sein abwechslungsreiches Leben als Schauspieler ein letztes Mal an sich vorüberziehen lassen.

Die junge Frau kämpfte jetzt selbst mit den Tränen.

Auf jeden Fall finde er es großartig, dass sie ihn vor den Paparazzi bewahrt habe.

Könne sie sonst noch etwas für ihn tun?

Wenn sie ihn jetzt ins Hotel bringen könnte.

Natürlich. Sie könne ihn auch zum Schauspielhaus und zum Grab ihres Vaters begleiten – wenn er es denn wünsche.

Das Angebot nahm er dankend an. Sie verabredeten sich für den übernächsten Tag. Dann verließen sie das Appartement. Sie gingen die Treppe hinunter, stiegen draußen in den Wagen und fuhren zum Hotel. Von der Fotografenschar war weit und breit nichts zu sehen.

Während seines Engagements am Schauspielhaus hatte er eine Mansardenwohnung in der Nähe des Hotels gemietet. Dort – im Dachgeschoss einer neuzeitlichen Villa – lebte er allein, pendelte an spielfreien Tagen zwischen seinem neuen Domizil und der Residenzstadt hin und her. Er hatte sich bewusst abseits der Großstadt einquartiert, liebte die Nähe zur Natur. Seine Familie war ihm nicht gefolgt, bekam ihn mit der Zeit immer weniger zu Gesicht. Am Ende hatte er sich mit der schönen Angelika auseinandergelebt. Die Konsequenz war die vorläufige Trennung, zwei Jahre später die Scheidung. Irgendwann zog seine Ehemalige mit der Tochter fort, ließ sich in der alten Bischofsstadt nieder, die ihr attraktiver erschien und als Weltkulturerbe überregionale Bedeutung erlangt hatte. Seinen Sprössling sah er von nun an nur in den Schulferien.

Der Herr werde schon erwartet, empfing ihn ein junger Mann an der Rezeption und hielt ihm die Zeitung mit seinem Foto vors Gesicht. Nummer elf sei ein sehr schönes Zimmer, biete viel Platz und sei besonders ruhig, sagte er und reichte ihm den Schlüssel. Er wünsche dem Herrn einen angenehmen Aufenthalt.

Das Zimmer lag im Erdgeschoss. Endlich hatte er eine Bleibe ohne lästiges Treppensteigen gefunden. Er öffnete die Tür und war überrascht. Der behagliche Wärme ausstrahlende Raum entsprach ganz und gar seinem Geschmack. Im Bad lud die Eckwanne mit Whirlpool-System zum Entspannen ein. Und die Aussicht auf das nach dem Fluss benannte Tal, das sich vor ihm ausbreitete, war für Kohlenpottverhältnisse geradezu unglaublich.

Er trat ans Fenster, das bis zum Fußboden reichte, zog den Vorhang beiseite, öffnete die beiden Flügel und holte erst einmal tief Luft. Die erstaunlich grüne Landschaft, in der kaum noch Spuren von Kohle und Stahl zu finden waren, bereitete ihm Freude, erleichterte ihm den Aufenthalt fern der geliebten Heimat.

*

Er quälte sich den steilen Berg hinauf, wollte unbedingt die Villa wiedersehen. Mit Mühe erreichte er sein Ziel, hielt sich an der Toreinfahrt fest und schnappte mehrmals nach Luft – wie ein Fisch, der seinem zum Überleben so wichtigen Element entrissen worden war. Ihm kam es vor, als hatte er einen mehrere Kilometer langen Marsch hinter sich.

Nach längerer Verschnaufpause schlich er um das Anwesen herum. Hinter der hochgewachsenen Hecke war die kleine Mansardenwohnung mit der riesigen Terrasse nicht zu sehen. Er schob die Zweige beiseite, um wenigstens einen Blick auf die Rückfront werfen zu können. Die Etage schien unbewohnt zu sein. Er ging wieder zur Einfahrt zurück, wagte aber nicht zu läuten. Die damals schon betagten Eigentümer lebten mit Sicherheit nicht mehr. Die neuen Besitzer hatten den gewaltigen Komplex nicht nur renoviert, sondern an manchen Stellen völlig verändert.

Er wollte wieder die Straße hinuntergehen, als ein älterer Herr aus der Eingangstür kam. Er könne gern eintreten, rief ihm dieser zu. Er habe eine Überraschung für ihn.

Eine Überraschung? Der Mann tat gerade so, als kannte er ihn. Es genüge ihm schon, wenn er seine frühere Wohnung wiedersehen dürfe – falls das möglich sei.

Sicher sei das möglich. Er solle sich ihm anschließen. Der ältere Herr ging voran.

Er folgte ihm. Das Treppensteigen machte ihm mehr denn je zu schaffen. Doch oben angekommen, verschlug es ihm die Sprache.

Die Wohnung war in ein Museum verwandelt worden. Im ehemaligen Wohnzimmer wurde die Aufmerksamkeit auf einige erleuchtete Vitrinen gelenkt. Darin befanden sich Figuren aus Wachs, Keramik, Holz und Metall. Sie stellten ihn in verschiedenen Rollen dar. Über jeden Korpus waren maßstabgetreue Kostüme gezogen worden. Im angrenzenden Raum, der ihm als Schlafzimmer gedient hatte, war ein kleines Kino untergebracht. Hier wurden Dias vorgeführt, die ihn ebenfalls in diversen Rollen zeigten. Er erinnerte sich daran, dass vor Premieren Ausschnitte aus einzelnen Szenen zu Dokumentationszwecken festgehalten worden waren. Und in der einstigen Küche hingen diverse Portraits von ihm an den Wänden: Fotos, Zeichnungen und Gemälde.

Er war überwältigt. Es dauerte einige Zeit, bis er sich jedes Detail angeschaut hatte. Dann trat er auf die Terrasse hinaus, die größer als die Wohnung war, musste das Gesehene erst einmal verarbeiten. Er war stolz auf die ihm zuteil gewordene Ehre. Vielleicht sollte ihm eines Tages doch noch ein Denkmal gesetzt werden. Abschließend genoss er die Aussicht auf das in sattes Grün getauchte Tal, das nur vom Blau des Flusses unterbrochen wurde. Allein die Turmspitze der Dorfkirche ragte aus dieser üppigen Flora heraus, die niemand in diesem Landstrich erwartet hatte.

Er bedankte sich bei dem Mann für die in der Tat gelungene Überraschung. Jetzt wusste er, dass er nach seinem Tod unsterblich bleiben würde – wenn auch nur im Rahmen dieses kleinen Museums. Glücklich wie lange nicht mehr entfernte er sich von dem Anwesen und ließ sich vom aufkommenden Wind ins Tal hinuntertreiben.

Am Ufer des Flusses nahm er auf einer Bank Platz. Von hier aus konnte er die Petri-Jünger beobachten, wenn sie ihre Angeln ins Wasser warfen, auf das Anbeißen der Fische warteten und im Erfolgsfall ihr Gerät samt Schnur, an der die Beute zappelte, an Land zogen. Auch die am anderen Ufer aufragende Burg, in deren Rittersaal die Gemeinde im 14. Jahrhundert die Stadtrechte verliehen bekam, konnte er von dieser Stelle aus gut sehen. Außer Burgtor und Bergfried war vom Original allerdings nicht viel übrig geblieben.

Er dachte über die Ausflüge nach, die er in seiner spärlichen Freizeit unternommen hatte, um dem damals noch typischen Kohlen-

pott zu entkommen. Zum einen zog es ihn zu der mittelalterlichen Wasserburg. Das wuchtige Gebäude mit seinen Türmen, den markanten blau-weißen Fensterläden und dem breiten Wassergraben war nicht nur bei Festivals ein magischer Anziehungspunkt. Hinzu kam die günstige Lage an einem Stausee. Zum anderen wanderte er auf dem alten Leinpfad, auf dem früher Treidel-Pferde die Transportkähne über den Fluss zogen. Auch die unter Denkmalschutz stehenden Schleusen hatten es ihm angetan, war er doch von seinem Vater oft genug mit derartigen Anlagen vertraut gemacht worden.

Die am tiefblauen Himmel strahlende Sonne erfüllte ihn mit Freude. Am Tag zuvor hatte es noch in Strömen geregnet. Er kostete die Situation so gut es ging aus – lief seine Uhr doch bald ab. Er streckte die Füße weit von sich und reckte die Arme entspannt in die Höhe. Plötzlich klopfte ihm jemand auf die Schulter.

Es war der Wirt eines Lokals, das er manchmal nach der Vorstellung mit seinen Bühnenpartnern besucht hatte. Es lag in der Innenstadt – nicht weit vom Schauspielhaus entfernt. Der kräftig gebaute Mann hatte sich kaum verändert. Nur die vollen Haare waren weiß geworden. Ja das gebe es doch nicht, sagte er. Der HDM. Was treibe ihn denn an diesen Ort – nach so vielen Jahren? Soweit er wisse, spiele er doch längst nicht mehr am hiesigen Theater.

Das stimme. Er befinde sich auf Abschiedstour.

Heiße das, er trete noch auf?

Nein. Er stehe schon lange nicht mehr auf der Bühne. Er wolle nur all seinen Schauspielstationen, den ehemaligen Kollegen, den einstigen Quartieren und den unvergesslichen Lokalen Lebewohl sagen.

Er tue gerade so, als wolle er Gevatter Tod Gesellschaft leisten. Er sei doch noch ziemlich rüstig. In Wirklichkeit war ihm das entstellte Gesicht aufgefallen.

Wie man es nehme. Seine schwere Krankheit verschwieg er. Die Beschwerden in der Brust, der Luftmangel, die Einnahme starker Schmerzmittel, das Inhalieren, die Ablehnung von Chemotherapien gegen den Rat der Ärzte gingen niemanden etwas an. Und dass er ein Testament gemacht, eine Patientenverfügung unterschrieben und die Bestattung geregelt hatte, ebensowenig.

Er habe früher zwar gesünder ausgesehen, sagte der Mann. Aber das schreibe er seinem Alter zu. Schließlich habe er ja einige Jährchen mehr auf dem Buckel als er.

ER sehe noch wie das blühende Leben aus.

Das täusche. Gesundheitlich gehe es ihm zwar ganz gut. Zumindest finde die Ärzteschaft nichts Gravierendes. Aber die Knochen seien nicht mehr die alten.

Er solle Gott danken, dass es nur die Knochen seien. Wenn erstmal ein Organ nicht mehr richtig mitspiele, sei Matthäi am letzten. Ob er noch sein Lokal betreibe, versuchte er von diesem unerfreulichen Thema abzulenken.

Nein. Das habe er schon vor Jahren aufgegeben. Es habe sich nicht mehr gelohnt. Da sei jetzt ein Chinese drin. Wie der das schaffe, wisse er nicht.

Das verstehe er nicht. Er habe geglaubt, der Wandel sei in vollem Gange, habe der Region neues Leben eingehaucht.

Ach was. Hier gehe langsam, aber sicher alles vor die Hunde. Arbeit gebe es kaum noch. Wer als Älterer ohne Job dastehe, werde früher oder später zum Sozialfall – es sei denn, er sei vermögend. Der Jüngere haue entweder ab und versuche woanders sein Glück oder er werde kriminell. Darunter leide die Kaufkraft. Ein Laden nach dem andern mache dicht. Manche Immobilie stehe inzwischen leer. Auch die Gastronomie sei von dieser Entwicklung betroffen. Der Tourismus allein könne die Kastanien nicht aus dem Feuer holen.

Das seien ja alles andere als gute Aussichten. Aber der Trend gehe allgemein in diese Richtung. Überall höre er Klagen – vor allem von der jüngeren Generation, die keine Perspektiven sehe. Da könne er ja froh sein, dass er schon so alt sei.

Der Mann klopfte ihm auf die Schulter. Er habe sich gefreut, ihn wiederzusehen und wünsche ihm alles Gute. Dann verschwand er so schnell wie er gekommen war.

Er wollte den Friedhof und die Kirche besuchen, bevor er im Gasthof einkehrte. Um in den Dorfkern zu gelangen, musste er den zuvor benutzten Weg wieder zurückgehen. Nur mit dem Unterschied, dass es jetzt bergauf ging. Ein ums andere Mal blieb er stehen und rang nach Luft. Er hatte das Gefühl, dass sich seine Lunge mehr und mehr zusammenzog – wie ein Plastikbeutel, der mit einem Knoten verschlossen wurde. Es dauerte eine Weile, bis er oben angekommen und wieder bei Kräften war.

Er schlich förmlich über den denkmalgeschützten Friedhof, als wollte er die letzte Ruhe der Toten nicht stören. Bald lag er selbst auf einem solchen Gottesacker. Er hatte sich für eine Feuerbestattung entschieden, wollte nicht in einem Holzsarg vor sich hin modern. Die biologisch abbaubare Urne sollte in einem Ruheforst vergraben werden – mitten im Wald unter einem selbst ausgesuchten Baum. Er brauchte keine Beerdigung mit Beileidsbekundungen, Klagegeschrei, religiösem Firlefanz, weltlichem Tamtam, überschwänglichen Nachrufen und Trauermärschen. In seinem langen Schauspielerleben war genug Theater gespielt worden.

Er wandelte gemächlich durch die Gräberreihen. Zahlreiche Grabsteine reichten bis ins 17. Jahrhundert zurück. Eine dieser bis zu vierhundert Jahre alten, reich verzierten Stelen zeigte zwei Gesichter, die womöglich Zwillinge darstellen sollten. Darunter war ein Portikus in Form eines Doppelbogens abgebildet, der auf beiden Seiten Inschriften enthielt. Unter dem Mittelpfeiler lag ein Totenkopf mit gekreuzten Knochen. Es schauderte ihn vor derartigen Begräbnissitten, die in dieser Zeit wohl üblich waren. SEINEN letzten irdischen Aufenthaltsort sollte ein schlichtes Namensschild markieren.

Er kam ins Grübeln, ob sein Letzter Wille tatsächlich seiner Gesinnung entsprach. Auf der einen Seite wollte er so bescheiden von dieser Welt abtreten, wie er in sie hinein geboren wurde. Auf der anderen Seite träumte er von seiner Unsterblichkeit, die ihm Gemälde und Skulpturen, Denkmäler und Museen garantieren sollten. Je mehr er darüber nachdachte, desto mehr geriet er in einen Zwiespalt.

Er verließ den Friedhof und ging in die alte Dorfkirche. Das Gotteshaus mit der spitzen Haube auf dem Turm war bis zur Reformation ein bedeutender Wallfahrtsort. Der Innenraum entpuppte sich als ein wahres Kleinod. Links neben den farbigen Glasfenstern zierte ein spätgotisches Sakramentshäuschen den freskengeschmückten Chor.

Er ließ sich auf einer der Bänke nieder und betete. Er bat den Herrgott um Hilfe, dass er seine Schmerzen lindern, ihn vor dem Erstickungstod bewahren, seine letzten Tage erträglich gestalten möge. Er vergoss ein paar Tränen. Schließlich weinte er derart hemmungslos, dass er sein Gesicht in den Händen vergrub. Er saß lange da. Erst allmählich rappelte er sich wieder auf, ließ einige Momente aus seinem Leben Revue passieren: dachte an die Enttäuschung der Eltern, die ihn lieber in einem technisch-naturwissenschaftlichen Beruf gesehen hätten; an die erste Begegnung mit der schönen Angelika, die sich angeblich zu ihrem Nachteil verändert hatte; an die Rolle des Mephisto, die ihm landesweit Ruhm eingebracht hatte; und an den Tag, als ihm der Arzt die Nachricht von seiner schrecklichen Krankheit überbracht hatte.

Plötzlich läuteten die Glocken. Sie verkündeten keine Uhrzeit, auch keine frohe Botschaft. Dafür klangen sie zu traurig. Sie glichen eher Totenglocken, die auf eine Beisetzung aufmerksam machen wollten. Erinnerten sie ihn an sein baldiges Begräbnis?

Er sprang von der Bank auf und floh aus der Kirche. Draußen hatte er den Eindruck, als nickten ihm die alten Grabsteine zu. War es der leere Magen, der seine Sinne täuschte? Oder weissagte ihm ein Orakel, dass seine letzte Stunde geschlagen hatte? Er schob den Gedanken beiseite, wollte lieber die verbleibende Zeit mit irdischen Genüssen verbringen.

Er betrat die alte Dorfkneipe. Vom früheren Wirt war nichts zu sehen. Ein junger Mann stand hinter dem Tresen. Dem Gesicht nach zu urteilen, konnte er dessen Sohn sein. Er war ähnlich korpulent wie sein Vater. Er setzte sich an einen freien Tisch.

Die Gäste starrten ihn an. Erkannten sie ihn oder erschraken sie beim Anblick seines entstellten Gesichts?

Er bestellte ein Pils und eine Bratwurst mit Kraut. Der vorschriftsmäßig gezapfte Gerstensaft kam schon bald, das frisch zubereitete Gericht erst nach längerem Warten. Dafür war die Qualität der Küche gleich gut geblieben. Das Essen schmeckte ihm. Er trank ein zweites Pils, riskierte sogar einen Korn. Erst allmählich spürte er die Wirkung des Alkohols, zeigten ihm die starken Medikamente seine Grenzen auf. Er zahlte, solange er dazu in der Lage war. Sein Umfeld nahm er nur noch verschwommen wahr, sah schließlich Wirt und Gäste doppelt.

Der junge Mann geleitete ihn zum Eingang, hielt höflich die Tür auf.

Er schaute sich noch einmal um, glaubte an eine alkoholbedingte Sinnestäuschung, als er in eine Vielzahl von Masken blickte. Er erschrak, wollte nicht wahrhaben, was er sah. Es war seine eigene Totenmaske.

*

In dieser Stadt hatte er weitere zwölf Jahre auf der Bühne verbracht, war an seiner vorletzten Schauspielstation angelangt. Hier hatte er neben vielen anderen Rollen den Hamlet gespielt. Er fieberte förmlich danach, diesen einzigartigen Charakter noch einmal darzustellen. Er überlegte nicht lange, hob den Kostümkoffer auf das Bett und suchte des Prinzen Kleidungsstücke heraus. Er zog seinen Anzug und die Schuhe aus, streifte die schwarze Robe über und hängte sich die lange silberne Kette um den Hals. Dann klebte er noch den Kinnbart an. Mangels Spiegel ging er ins Bad und musterte sein Äußeres. Er fand die Aufmachung in Ordnung. Nur sein altes, von der Krankheit gezeichnetes Gesicht passte nicht zur Figur des Hamlet.

Shakespeares Tragödie faszinierte ihn, gehörte zu seinen Lieblingsstücken. Der aus Wittenberg an den Königshof zurückgekehrte Prinz von Dänemark wurde mit dem Tod seines Vaters und der Wiederheirat seiner Mutter mit dem neuen König Claudius, dem Bruder seines Vaters, konfrontiert. Durch den Geist seines Vaters erfuhr er vom Brudermord und dem Auftrag, diesen zu rächen – ohne seine Mutter zu behelligen. Mit Hilfe einer Schauspieltruppe sollte dem König eine Falle gestellt werden. Also ließ Hamlet in Anwesenheit des Regenten ein Stück aufführen, das den gleichen Ausgang wie das am Königshof eingetretene Ereignis nahm. Der vorzeitige Aufbruch von Claudius mitsamt seinem Hofstaat entlarvte ihn als Mörder. Daraufhin schickte dieser den Prinzen nach England, um ihn dort töten zu lassen. Doch der Plan schlug fehl. Wieder zurück in Dänemark, wurde er in ein Duell verstrickt. Dem Rat des Königs folgend, benutzte sein Gegner ein scharfes Rapier, dessen Spitze vergiftet war. Claudius hielt zusätzlich einen Giftbecher bereit. Am Ende aber fanden alle Beteiligten den Tod: Hamlet erstach erst seinen Gegner, der sterbend den Mordplan gestand, und dann den König; seine Mutter trank versehentlich vom Giftbecher; und der Prinz selbst starb

an seiner schweren Verletzung, die ihm sein Gegner mit dem vergifte-
ten Rapier zugefügt hatte.

Er lief im Zimmer auf und ab, schlüpfte mit seiner ganzen Energie in die Rolle des Hamlet, glänzte mit Mimik
und Gestik. Die Passagen des Prinzen beherrschte er noch
aus dem Effeff, zitierte unter anderem den berühmten Satz
SEIN ODER NICHTSEIN, DAS IST HIER DIE FRAGE oder das
letzte Wort DER REST IST SCHWEIGEN.

*

Er ging um das Schauspielhaus herum, war bemüht, sich
möglichst unauffällig zu verhalten. Eine erneute Begegnung
mit der Staatsmacht wollte er vermeiden. Zufällig entdeckte
er eine unverschlossene Tür. Er öffnete sie vorsichtig, betrat das Gebäude und schlich durch einen langen Flur.
Links zweigte ein Gang zu den Räumen der Technik ab.
Rechts befanden sich die Garderoben der Schauspieler.
Geradeaus gelangte man in einen kleinen Vorraum, dessen
Türen auf der einen Seite zur Bühne, auf der anderen zu
einem Korridor mit der Bildergalerie führten.

In letzterer hingen vorn die Portraits der Intendanten,
weiter hinten die der Darsteller, zu denen auch er gehörte.
Die fünfundzwanzig Jahre alte Aufnahme zeigte ihn ohne
Maske und Kostüm – ein gelungener Schnappschuss. Er
dachte mit Wehmut an diese Zeit zurück. Damals war er
Mitte fünfzig, also noch relativ jung und vital. Jede Rolle,
und war sie noch so schwer zu spielen, reizte ihn, forderte
ihn geradezu heraus. Der Erfolg ließ nicht lange auf sich

warten. Das Publikum war begeistert, die Intendanz beeindruckt.

Er wagte sich bis zur Bühne vor. Er hielt Abstand, wollte einen Rauswurf vermeiden. Durch einen Türspalt beobachtete er das probende Ensemble. Es studierte ausgerechnet Shakespeares HAMLET ein – jenes Stück, dessen Titelfigur er hier vor zweieinhalb Jahrzehnten gespielt und eben erst im Hotel zum Besten gegeben hatte. Er konnte nur die Schauspieler sehen, die in Freizeitkleidung ihre Texte vortrugen. Den Regisseur erblickte er nicht, hörte ihn nur, wenn er an Aussprache, Lautstärke, Mimik und Gestik herummäkelte. So sehr er das Theater geliebt hatte, mit Leib und Seele vor dem Publikum aufgetreten war – mit den Proben, die oft kein Ende nehmen wollten, konnte er sich kaum anfreunden. Insgeheim war er froh, sich diesen Torturen nicht mehr aussetzen zu müssen.

Er stellte sich vor, selbst auf der Bühne zu stehen und den Hamlet zu verkörpern. Jeden Satz, den der mit der Titelrolle betraute Darsteller sprach, flüsterte er mit. Er beherrschte noch sämtliche Dialoge. Mit zunehmender Zeit wurde er neugieriger, wollte unbedingt den Spielleiter sehen, ihn mit seinen beiden Intendanten vergleichen.

Er schlich durchs Haus und nahm in einer der hinteren Reihen des Parketts Platz. Nun sah er den Regisseur – wenn auch nur von hinten. Der Mann trug einen schwarzen Pullover. Die langen grauen Haare bedeckten seinen Nacken, zum Teil sogar die Schultern. Er saß einige Reihen vor ihm, unterbrach ständig den Vortrag seiner Mimen. Gelegentlich wurde er laut, sprang zwischendurch auch schon mal auf und fuchtelte wild mit den Armen.

Was er hier suche, fragte ein junger Mann, der wie aus dem Nichts hinter ihm auftauchte.

Er suche die Vergangenheit.

Ob er ihn zum Narren halten wolle?

Was sei denn da hinten los, brüllte der Regisseur und warf einen Blick auf die beiden. Könne man nicht mal in Ruhe arbeiten?

Der alte Herr habe sich einfach hier eingeschlichen, sagte der junge Mann.

Dann solle er ihn rauswerfen, befahl der Regisseur.

Er wolle doch nur von dem Haus Abschied nehmen. Er habe ein Dutzend Jahre auf dieser Bühne gestanden.

Wer es glaube, werde selig, meinte der junge Mann. Das sei doch nur ein übler Trick.

Nein, das sei eine Tatsache. Es sei halt nur eine Weile her – etwa zwanzig Jahre, seit er das letzte Mal hier aufgetreten sei. Dann erwähnte er die beiden Intendanten, unter deren Leitung er hier Erfolge gefeiert hatte.

Der Regisseur war neugierig geworden. Was seien das für Erfolge gewesen, wollte er wissen und wandte sich ihm zu.

Er zählte die Stücke auf, die beim Publikum Begeisterungsstürme entfacht hatten.

Respekt, sagte der Regisseur. Er habe manche Inszenierungen der Konkurrenz verfolgt. Und er sei beeindruckt gewesen. Aber an ihn könne er sich nicht erinnern. Welche Rollen habe er denn gespielt?

In der Regel die Hauptrollen. Zum Beispiel den Hamlet, den er gerade einstudiere. Dann rezitierte er einige Passagen aus Shakespeares Trauerspiel.

Respekt, sagte der Regisseur.

Das alles sei doch kein Beweis, dass er hier aufgetreten sei, fuhr der junge Mann dazwischen.

Vielleicht könne er mal das Maul halten, brüllte der Regisseur seinen Mitarbeiter an. Wen habe er denn sonst noch gespielt, fragte er den alten Mann.

Er zählte alle seine Hauptrollen auf.

Respekt, sagte der Regisseur. Gute Schauspieler seien leider immer seltener zu finden. Das Gros versuche die Null-acht-fünfzehn-Typen aus Hollywood zu kopieren. Es sei nur schade, dass er schon so alt sei. Für den Hamlet benötige er einen jungen Spund.

Solle er ihn nun rausschmeißen oder nicht, fragte der junge Mann.

Er solle einfach die Klappe halten, brüllte der Regisseur. Der alte Herr störe ja niemanden.

Der junge Mann trollte sich davon.

Er rezitierte zum Abschluss noch aus einigen Dialogen Mephistos und Jedermanns.

Respekt, sagte der Regisseur.

Er danke ihm für sein Verständnis, sagte er. Trotzdem werde er jetzt gehen, weil man ihn erwarte.

Der Regisseur hob den Arm. ICH WOLLT', DU HÄTTEST MEHR ZU TUN / ALS MICH AM GUTEN TAG ZU PLAGEN, zitierte er Faust.

NUN, NUN! ICH LASS' DICH GERNE RUHN / DU DARFST MIRS NICHT IM ERNSTE SAGEN, ergänzte er mit Mephistos Worten und verschwand.

Respekt, sagte der Regisseur.

*

Die junge Frau erschien pünktlich. Sie fuhren zum Zentralfriedhof. Vor dem Haupteingang stellte sie das Fahrzeug ab. Gemeinsam suchten sie das Grab ihres Vaters auf. Es handelte sich um eine Gruft. Ihr Vater war neben seiner wesentlich früher verstorbenen Frau bestattet worden. Eine schlichte Steinplatte bedeckte den Boden. Ringsum blühten ein paar Blumen. Eine besondere Inschrift existierte nicht. Nur die Namen der beiden waren eingraviert. So hatte es sein Kollege verfügt.

Sie gedachten der Toten und beteten. Die junge Frau zupfte ein wenig an den Blumen. Er klemmte ein Stück Papier unter die schwere Steinplatte – einen handschriftlichen Auszug aus Shakespeares HAMLET. Es waren Worte des Horatio, die der Kollege auf der Bühne gesprochen hatte. Sie goss noch die Blumen. Dann wollte sie mit ihm zum Auto zurückkehren. Er bat sie, ihn mit ihrem Vater allein zu lassen. Für den Rückweg zum Hotel wollte er ein Taxi nehmen. Sie umarmte ihn ein letztes Mal und verließ den Friedhof.

Er werde ihm bald Gesellschaft leisten, sagte er mit Tränen in den Augen.

Er werde sich damit anfreunden, glaubte er die Stimme seines Kollegen zu hören. Im Jenseits sei das Leben erträglicher als auf Erden.

Aber nur, wenn man in den Himmel komme. Er starrte ungläubig auf die Steinplatte.

Er solle sich nicht für dumm verkaufen lassen, sagte die Stimme. Es gebe keinen Himmel und keine Hölle. Dem

Guten werde das ewige Leben zuteil. Der Böse hingegen verschwinde im Nichts.

Er wolle ihm nur Mut machen. So einfach sei der Abgang von der Bühne des Lebens nicht. Vor allem werde er seine Familie vermissen. Die Bühne des Theaters vermisse er schon heute.

Er werde sich daran gewöhnen, sagte die Stimme. Die Erinnerung sei letztlich ein Teil des Lebens – auch des ewigen Lebens. Er solle an den Hamlet denken, den er so überzeugend gespielt habe. Davon könne er zehren. Wisse er noch, wie ER als sein Freund Horatio aufgetreten sei?

Und ob er das noch wisse. Er starrte erneut auf die Steinplatte.

Oder er solle sich in den Marquis von Keith hineinversetzen, der ihm vortrefflich gelungen sei, sagte die Stimme. ER habe in diesem Stück die Rolle des Ernst Scholz übernommen.

Auch das wisse er noch.

Nicht zu vergessen seine großartige Darstellung des Ritters Götz in Sartres DER TEUFEL UND DER LIEBE GOTT, sagte die Stimme. ER habe den Nasty verkörpert.

Wie könne er das jemals vergessen. Er konnte den Blick von der Steinplatte nicht abwenden.

Er solle die letzten Tage einfach genießen, sagte die Stimme. Bald sehe man sich wieder.

Er möge in Frieden ruhen, stammelte er. Er fixierte ungläubig die Steinplatte und versuchte sogar einen Blick darunter zu werfen. Doch sie war zu schwer. Die Stimme des Kollegen blieb ihm indes ein Rätsel.

Die Zugabe

Der alte Mann nahm Abschied vom Kohlenpott. Vor ihm lag die längste Etappe, die ihn vom Westen in den Süden des Landes führte. Dort, in der heimlichen Hauptstadt der Republik, hatte er im Lauf seiner Schauspielerkarriere die längste Zeit auf der Bühne gestanden. An einem der renommiertesten Theater waren ihm nach dem Mackie Messer, dem General Harras und dem Hamlet mit dem Mephisto und dem Jedermann zwei weitere außergewöhnliche Rollen der Weltliteratur angeboten worden. In diesem ehrenwerten Haus schloss sich der Kreis seiner ambitionierten Künstlerlaufbahn.

Die Hochgeschwindigkeitsbahn hielt zum ersten Mal. Ein junger Mann betrat das Abteil, nahm den Fensterplatz vis-à-vis ein. Seinen eigenartig geformten Kopf hatte er in eine Art Meteorit verwandelt, auf dessen Oberfläche jede Menge Eisen glitzerte – an den Augenbrauen, den Nasenflügeln, den Lippen und den Ohrläppchen. Er fragte sich ein ums andere Mal, wie es der Metallfan fertigbrachte, die Nase zu putzen und Nahrung zu sich zu nehmen. Er konnte in der Maskerade keinen Sinn erkennen. Vorzugsweise waren es Naturvölker, die ihre Gesichter auf sonderbare Weise dekorierten. Beim Nasenschmuck zum Beispiel dienten Pflöcke, Knöpfe, Ringe oder Gehänge aus unterschiedlichem Material als Zierde. Ähnliches galt für Ohr- und Lippenschmuck. In der abendländischen Kultur waren derartige Bräuche fremd.

Er zog es vor, nach draußen zu schauen, anstatt auf den seltsamen Vogel zu starren. Diesmal sah er keine Rauchschwaden am Fenster vorbeiziehen – auch keine Krähen. Dafür klatschte der Regen gegen die Scheiben, deren Innenseiten dank der Klimatisierung nicht beschlugen.

Beim nächsten Halt gesellte sich eine junge Frau hinzu. Sie ließ sich neben der Glasschiebetür nieder. Auf den ersten Blick schien sie eine Dirne zu sein, die nach einem Freier Ausschau hielt. Sie war leicht bekleidet. Bei den unnatürlich großen Brüsten konnte nur Silikon der Übeltäter sein. Der Minirock gewährte einen tiefen Einblick, gab die Aussicht auf Slip und Strapse frei, an denen Nylonstrümpfe mit Netzmuster befestigt waren. Und aus den vorn offenen Schuhen mit extrem hohen Absätzen lugten die Zehen mit knallrot gefärbten Fußnägeln hervor. Lippen und Fingernägel besaßen die gleiche ins Auge stechende Farbe.

Der Regen war stärker geworden, deutete die Umgebung nur schemenhaft an. Dabei zählte der am längsten Fluss des Landes entlang führende Abschnitt zu den reizvollsten Landschaften. Statt das Panorama der mit Burgen und Burgruinen übersäten Höhenzüge genießen zu können, musste er mit den beiden seltsamen Gestalten vorliebnehmen. Ihm blieb keine andere Wahl, als abwechselnd aus dem Fenster, auf die beiden Mitreisenden und durch die Glasschiebetür zu schauen. Dann stoppte der Zug ein drittes Mal.

Der Metallfan stieg aus.

Die Dirne nahm seinen Platz ein.

Jetzt wurde er die erogenen Zonen noch deutlicher gewahr als zuvor. Er versuchte die Blicke woanders hinzulenken, blieb aber jedesmal an dem Frauenzimmer hängen. Erst an der nächsten Station wurde er von ihr erlöst. Vermutlich war das dortige Rotlichtmilieu ihr Ziel.

Als Mephisto war er auf der Bühne seiner letzten Theaterstation über sich hinausgewachsen, brillierte in einer Weise, dass sich die Medien mit Lobgesängen förmlich überschlugen. Goethes Teufel schien ihm wie auf den Leib geschrieben zu sein – zeichnete sich dieser doch durch geistige Überlegenheit, weltmännische Gewandtheit und zynischen Witz aus.

Doch auch in allen anderen Rollen vermochte er zu glänzen. Als Adolphus Cusins spielte er zum Beispiel einen Moralisten, der von seinem Schwiegervater für Rüstungsgeschäfte missbraucht wurde, seinem Ethos folgend aber nur die Guten mit Waffen beliefern wollte. Das hinderte den Schwiegervater nicht daran, den Sieg des Profits über die Moral vorherzusagen: dass nämlich jeder Waffen erhielt, der dafür zahlte. Die Geschichte von Shaws MAJOR BARBARA zeigte den bitteren Sarkasmus des Autors. Der Rüstungsfabrikant Andrew Undershaft, dessen Tochter Barbara als Major bei der Heilsarmee diente, ließ deren Organisation eine großzügige Spende zukommen. Aus Enttäuschung darüber, dass sich ihre Mitstreiter von ihrem Vater kaufen ließen, kehrte sie der Körperschaft den Rücken. In der Erkenntnis, dass die Rüstungsmoral des Vaters über die Bibelmoral der Heilsarmee gesiegt hatte, wandte sie sich nun dem Vater zu. Auch ihr Verlobter Adolphus Cusins, ein Professor für Griechisch, hatte sich dem Vater angeschlossen und trat die Nachfolge seiner Rüstungsfirma an. Barbara versuchte jetzt, den Arbeitern des väterlichen Betriebs ihre Heilsbotschaft zu vermitteln, zumal auch ihr Verlobter ausnahmslos für Waffenlieferungen an die Verfechter einer gerechten Sache eintrat.

Endlich saß er allein im Abteil, erlebte dafür eine Premiere. Seit dem Beginn seiner Abschiedstour wurde er zum ersten Mal von einem Zugschaffner kontrolliert. Er kramte alle Fahrscheine heraus. Doch der Mann mit dem vollmondähnlichen Gesicht, dem er schon einmal begegnet war, entwertete korrekterweise nur den für diese Fahrt gültigen Fahrschein. Für den Rest sei er nicht zuständig, sagte er. Verdutzt steckte er die Billets wieder ein.

Die letzte Fahrtunterbrechung bescherte ihm einen neuen Fahrgast. Der junge Mann nahm ihm gegenüber Platz. Er holte eine Zigarette aus einer Schachtel und zündete sie mit einem Feuerzeug an.

Dies sei ein Nichtraucherabteil, sagte er. Hier sei rauchen verboten.

Er solle sich nicht so anstellen, erwiderte der junge Mann.

Was erlaube er sich? Für Raucher gebe es separate Abteile.

Er sei wohl ein Erbsenzähler.

Er solle nicht unverschämt werden. Wenn er das Rauchen nicht sofort unterlasse, werde er den Schaffner verständigen.

Er solle tun, was er für richtig halte, meinte der junge Mann und blies ihm den Rauch ins Gesicht.

Er sei ein rechter Flegel, sagte er und wehrte den Qualm ab.

Er solle sich nicht aufregen. Das schade nur dem Herzen.

Sein Herz sei intakt. Er bekomme keine Luft.

Dann habe er wohl Asthma.

Das gehe ihn nun wirklich nichts an. Nur eines könne er ihm prophezeien. Wenn er so weitermache, blühe ihm eines Tages das gleiche Schicksal.

Der junge Mann schwieg jetzt. Er machte noch zwei Züge. Dann warf er die brennende Zigarette in den Abfallbehälter. Es begann darin zu qualmen.

Er öffnete den Deckel des Behälters und drückte den Glimmstängel aus.

Der junge Mann feixte.

Eine dreiviertel Stunde später fuhr die Hochgeschwindigkeitsbahn in den Kopfbahnhof ein. Die von Humoristen gern als das größte Dorf des Landes bezeichnete Metropole hatte er erreicht.

Der junge Mann verließ als erster das Abteil. Die Glasschiebetür zog er noch schnell hinter sich zu, obwohl er mitbekommen hatte, dass ER ebenfalls aufgestanden war und seine Koffer aus dem Gepäcknetz geholt hatte.

Er bleibe ein Flegel, rief er ihm hinterher, während auch er aus dem Zug stieg.

Unter den vielen Rollen, die er an seiner letzten Spielstätte verkörpert hatte, ragte neben dem Mephisto der Jedermann heraus. Das Spiel vom reichen Mann – mit dem Tod konfrontiert, ohne darauf vorbereitet zu sein – sollte den Glauben als Weg des Heils verkünden.

Die Handlung von Hofmannsthals JEDERMANN spielte auf einer mittelalterlichen Bühne mit den Stufen der Hölle, der Erde und des Himmels. Jedermann wollte ein Lusthaus für seine Buhlschaft bauen. Er wollte gerade mit seinem guten Gesellen aufbrechen, um das Grundstück zu erwerben, als der arme Nachbar erschien und ihn um

*Unterstützung bat. Jedermann speiste ihn jedoch mit einem Almosen
ab. Auch der Schuldknecht, der zur Strafe in den Turm geführt
wurde, fand kein Erbarmen – außer, dass für sein Weib und die
Kinder gesorgt werden sollte. Angesichts des Elends schlecht gelaunt,
beauftragte er den Gesellen mit dem Kauf des Grundstücks. Am
Abend lud er seine Buhlschaft, Freunde und Vettern ein. Ihm selbst
war nicht zum Feiern zumute. Er verhielt sich merkwürdig, vernahm
Glockengeläut und hörte seinen Namen rufen. Von den Anwesenden
eben erst aufgemuntert, erschien ihm der Tod. Die feiernde Gesellschaft ergriff panikartig die Flucht. Jedermann bat den Tod um Auf-
schub, um sich einen Begleiter für den letzten Gang auszusuchen.
Doch niemand war bereit, ihm zu folgen. Als er wenigstens sein Geld
mitnehmen wollte, spottete der Mammon, dass er auch nach seinem
Tod die Welt beherrschen werde. Immerhin erklärte sich die Stimme
seiner wenigen guten Taten bereit, ein gutes Wort für ihn einzulegen.
Da beschloss er, sich im Glauben zu stärken. Beim Gang an sein
Grab wurde der Teufel, der seine Seele beanspruchte, von eben diesem
Glauben abgewiesen. Ihm selbst wurde von Gott verziehen.*

Der Weg durch die Bahnhofshalle, in der sämtliche
Gleise endeten, wurde für ihn zum Spießrutenlauf. Immer
wieder wurde er um Autogramme gebeten. Jedesmal musste er seine beiden Koffer abstellen, einen Kugelschreiber
aus der Jackentasche holen und eine Karte mit seinem
Portrait signieren. Er verlor eine halbe Stunde, musste zehn
Minuten auf die nächste Regionalbahn warten, um an sein
Ziel zu gelangen – eine Gemeinde, die zunehmend Vor-
stadtcharakter annahm.

Er irrte gewaltig, wenn er glaubte, in dem bis zum Flug-
hafen fahrenden Vorortzug seine Ruhe zu haben. Alle

möglichen Leute manövrierten sich durch das dichte Gedränge, umringten ihn, um ein Autogramm zu ergattern. In
all dem Durcheinander fiel sein Schreibgerät auf den Boden
und verschwand auf Nimmerwiedersehen. Das ersparte
ihm keineswegs die mobile Signierstunde. Der eine oder
andere Fahrgast holte den eigenen Kugelschreiber oder
Füllfederhalter aus der Jacken- oder Handtasche und reichte ihm diesen mitsamt dem Foto zur Unterschrift. Die Ak-
tion wollte kein Ende nehmen. Erst der Ausstieg rettete ihn
vor weiteren Autogrammwünschen. Dabei hätte er fast
noch die Station verpasst.

*Er freute sich auf das Wiedersehen mit seiner letzten Wirkungs-
stätte. Fast achtzehn Jahre lang war er auf der eben zurückgelegten
Strecke mit dem Zug unterwegs, hatte die restlichen eineinhalb Kilometer vom Hauptbahnhof bis zum Theater zu Fuß bewältigt. Alle
Bahnstationen und Straßenkreuzungen waren ihm vertraut. Und in
der Fußgängerzone kannte er die meisten Geschäfte und Lokale.*

*An den Anblick des modernen Gebäudes konnte er sich nie ge-
wöhnen. Die meisten Spielstätten der Stadt befanden sich in historisch
bedeutenden Bauten – auch das benachbarte Opernhaus. Insofern
konnte die architektonische Gestaltung dieses Theaters an einem
städtebaulich so wichtigen Ort wie diesem als wenig bemerkenswert, ja
vielleicht sogar als einfallslos bezeichnet werden. Nichtsdestotrotz
besaßen die Aufführungen internationales Niveau – von der technischen Ausstattung der Bühne ganz zu schweigen, die als die wand-
lungsfähigste ihrer Zeit galt.*

Der Weg zum Hotel war beschwerlich, musste er doch
mit den beiden Koffern etwa dreihundert Meter weit lau-

fen. Ab und zu blieb er stehen, atmete tief durch. Der Luftmangel machte ihm mehr und mehr zu schaffen, wurde immer bedrohlicher.

Im Biergarten hatte man ihn bereits erwartet. Das zwischen einem hundert Jahre alten Gasthof und einem neuen Hotelkomplex gelegene Idyll war bis auf den letzten Platz besetzt. Der Hotelier und sein Team waren zum Empfang angetreten. Eine Blaskapelle spielte ein paar zünftige Melodien.

Er war gerührt, brachte keinen Ton heraus.

Der Chef des Hauses, der ihn seit Jahren gut kannte, reichte ihm eine Maß Bier.

Sie stießen miteinander an.

Er trank nur einen kleinen Schluck, war sich dessen bewusst, die Menge niemals zu schaffen und schon gar nicht zu vertragen.

Er freue sich über seinen Besuch, sagte der Hotelier. Und er betrachte es als eine Ehre, ihn in seinem Haus begrüßen zu dürfen.

Er werde den Aufenthalt genießen, so gut es gehe, erwiderte er. Zumal es wohl sein letzter sein werde.

Aber, aber. Wer sage denn so etwas. Dass sein Gast früher gesünder aussah, war ihm freilich aufgefallen.

Er bitte um Verständnis, wenn er sich zurückziehe. Die lange Fahrt habe ihm doch reichlich zugesetzt. Auf jeden Fall danke er für den herzlichen Empfang.

Allen Anwesenden war die Sorge um seinen Gesundheitszustand anzumerken. Die Blaskapelle war sichtlich bemüht, die gedrückte Stimmung ein wenig aufzuhellen, spielte die eine oder andere Zugabe.

Er lauschte den Musikern eine Weile, wollte nicht unhöflich sein. Doch dann zog er sich zurück.

Der Chef des Hauses begleitete ihn.

Einer der Kellner schnappte die beiden Koffer und lief hinterher.

Er betrat den eigens für ihn hergerichteten Raum. Übernachtet hatte er hier nur zu Beginn seines Engagements. Später quartierte er sich in einem nahe gelegenen Appartement ein. Im Biergarten hingegen avancierte er zum Stammgast.

Der Kellner stellte die Koffer ab und entfernte sich.

Der Hotelier wünschte ihm einen angenehmen Aufenthalt. Dann trat auch er den Rückzug an.

Er öffnete das Fenster, atmete tief ein und aus. Er sah auf den Bach hinunter, der am Hotel laut plätschernd vorbeifloss. Die Sonne war längst hinter den Dächern der umliegenden Häuser verschwunden. Aus dem Biergarten drang die Blasmusik herüber. Auch die Geräuschkulisse der zahlreichen Besucher war nicht zu überhören.

Auf dem gegenüber liegenden Bauernhof setzte urplötzlich ein tierisches Konzert ein: Kühe, Schweine, Schafe, Pferde, Gänse, Enten, Hühner, Katzen und der Hofhund muhten, grunzten, blökten, wieherten, schnatterten, gackerten, miauten und bellten um die Wette, als wollten sie ihn willkommen heißen. Er rieb sich ungläubig die Augen.

*

Er hatte im Wintergarten gefrühstückt. Begleitet vom Rauschen des vorbeifließenden Baches und dem Glockengeläut der gegenüber liegenden Pfarrkirche hatte er es sich gut gehen lassen. Das herrliche Spätsommerwetter tat ein Übriges, bewahrte ihn vor den üblichen Beschwerden. Mehr noch. Es sorgte für heitere Stimmung, ließ ihn sogar sein baldiges Ende vergessen.

In der nahe gelegenen Metropole wollte er unbedingt jene Stätten aufsuchen, die ihm besonders ans Herz gewachsen waren: nicht die bedeutenden Museen, deren Besichtigung ihn zuviel Kraft gekostet hätte; nicht die beliebten Bierkeller, deren Speis und Trank er nicht mehr vertrug; auch nicht die Gotteshäuser, deren geweihter Boden ihn nur an den Tod erinnerte. Vielmehr wollte er das bunte Treiben auf dem Obst- und Gemüsemarkt verfolgen, dessen Milieu ihn schon immer fasziniert hatte; wollte am Rathaus dem historischen Figuren- und Glockenspiel beiwohnen; und wollte sich im Buchkaufhaus umsehen, wo er einst Lesungen veranstaltet hatte.

Auf dem Markt drängten sich die Menschen vor den Ständen. Einheimische und Fremde frönten gleichermaßen ihren Gaumenfreuden. Alle Gesellschaftsschichten, Nationalitäten und Hautfarben waren vertreten, kauften ein, probierten nur oder genossen einfach die Atmosphäre. Auch ihm bereitete es Vergnügen, den Händlern beim Feilbieten ihrer Waren zuzuschauen und vor allem zuzuhören. Der hier herrschende Dialekt lohnte allein schon einen Rundgang. Zu kaufen gab es alles, was das Herz begehrte: vorrangig Obst und Gemüse, aber auch Fleisch und Fisch, Gewürze und Blumen, Milchprodukte und Wein. Nicht zuletzt sorgten die Gerüche für sinnliche Freuden. Eine willkommene Abwechslung für die Besucher stellten die innerhalb des Marktes errichteten Gedenkbrunnen dar, die berühmten Originalen der Stadt gewidmet waren.

Warum sollte nicht ER einen derartigen Brunnen schmücken – zum Beispiel als Mephisto den Menschen gegenübertreten? Was hatten die hier aufgestellten Originale, was er nicht hatte? Waren Volkssänger und -schauspieler erinnerungswürdiger als Charakterdarsteller, die den Werken der Dichter mit der Verkörperung ihrer Figuren erst Leben einhauchten?

Er ließ den Markt hinter sich, wandte sich der Fußgängerzone zu. Vor dem Rathaus hatten sich ganze Heerscharen von Schaulustigen versammelt, sahen zum Turm hinauf und warteten ungeduldig auf das historische Figuren- und Glockenspiel. Auch er schloss sich der Menge an, blickte gebannt auf die Szenerie. Dann endlich war es soweit: der Glockenklang übertönte das Stimmengewirr, das sich schlagartig in Schweigen verwandelte; und das Häuflein farbenfroher Figuren drehte sich im Kreis, ahmte ein Turnier mit Kampf, Tanz und musikalischer Begleitung nach.

Seine letzte Visite galt dem Buchkaufhaus, wo er ab und zu Lesungen veranstalten durfte. Solche Abende ermöglichten einen Wechsel von der großen Bühne aufs kleine Podium, wo er vor allem Gedichte von Droste-Hülshoff, Heine, Mörike, Fontane, Busch, Morgenstern, Rilke, Ringelnatz, Tucholsky, Roth und Kästner vortrug.

Er fuhr mit dem Lift in die zweite Etage, begegnete zufällig einem Mitarbeiter des Hauses, der seine Lesungen organisiert hatte.

Wer komme denn da, rief ihm der Mann zu. Der HDM. Er begrüßte den seltenen Gast. Was treibe ihn denn hierher? Er denke, er sei längst in Rente. Dem Theaterensemble gehöre er jedenfalls nicht mehr an.

Er befinde sich auf seiner Abschiedstour. Aber nicht, wie er vielleicht denke.

Wie dürfe er das verstehen?

Dass er nicht mehr Theater spiele.

Sondern, bohrte der Mitarbeiter nach. Wolle er sagen, dass er noch an Lesungen interessiert sei?

Nein. Auch das habe er nicht vor. Er wolle sich nur verabschieden, einstigen Kollegen und Nachbarn, alten Freunden und Bekannten adieu sagen.

Gebe es einen bestimmten Grund? Er musterte das von der Krankheit gezeichnete Gesicht.

Wie man es nehme. Er ließ sich nicht aus der Reserve locken, sagte nur, dass er halt ein alter Mann sei. Da neige das Leben dem Ende zu. Er möge sich nur ein Bandmaß von einem Meter Länge vorstellen. Auf ihn bezogen bedeute das, bereits eine Strecke von mehr als achtzig Zentimetern zurückgelegt zu haben.

Wolle er damit sagen, dass er schon über achtzig sei?

Er nickte.

Da könne er sich glücklich schätzen, sagte der Mitarbeiter. Sein alter Chef – er wisse schon, der Urenkel des Gründers – sei nicht mal siebzig geworden.

Er habe davon gehört. Schade um den Mann. Sein Abgang müsse ein großer Verlust für das Unternehmen sein.

Könne er noch etwas für ihn tun? Vielleicht habe er doch eine Lesung in petto.

Er winkte ab. Die Zeiten seien endgültig vorbei.

Dann nichts für ungut, sagte der Mitarbeiter, schaute auf seine Armbanduhr, wünschte ihm alles Gute und rannte eilig die Treppe hinunter.

*

Er zog durch die Gemeinde, stand bald vor dem Haus, in dem er bis vor drei Jahren ein Appartement gemietet hatte. Die Anlage befand sich in der Nähe des Bürgerparks. Hier lebte er, wenn er spät abends nach der Vorstellung heimkehrte. Die Freizeit verbrachte er im eigenen, an einem See nördlich des Hochgebirges gelegenen Landhaus.

Auf dem Balkon einer der Wohnungen stand ein junger Mann. Er rauchte eine Zigarette.

Er sah zu dem Mann hinauf, hätte ihn am liebsten vor den Folgen gewarnt, verzichtete aber auf die Belehrung. Wenn er Glück hatte, blieb er von einer Erkrankung wie der seinen verschont. Hatte er Pech, traf es ihn genauso hart – vielleicht schon wesentlich früher.

Neben den Klingeln entdeckte er zwei altbekannte Namen. Der eine erinnerte ihn an eine junge Ärztin. Er war ihr meist dann begegnet, wenn sie zum Joggen aufbrach oder davon zurückkehrte. Unter dem anderen Namen hatte sich ein ehemaliger Opernsänger einquartiert. Seine Arien klangen ihm noch immer in den Ohren.

Der Zufall wollte es, dass die Ärztin eben von ihrem Lauftraining heimkam. Die rothaarige Frau hatte nichts an Attraktivität eingebüßt. Sie sah ihn an, erkannte ihn aber nicht. Erst als sie den Schlüssel in das Schloss der Haustür steckte und diese öffnen wollte, drehte sie sich um und betrachtete ihn ein zweites Mal. Herr Messmer, fragte sie. Entsetzt blickte sie in sein vom Karzinom gezeichnetes Gesicht.

Zum ersten Mal höre er seinen Namen. Sonst nenne ihn jeder nur HDM.

Schön, dass sie ihn wiedersehe. Wie es ihm gehe, wollte die Frau Doktor wissen.

Es gehe so. Das Alter hinterlasse nun mal seine Spuren. Mehr wollte er über seinen Gesundheitszustand nicht preisgeben.

Die Ärztin spürte, dass er nicht die Wahrheit sagte, wechselte aber bewusst das unangenehme Thema. Wie lange sei es jetzt her, seit sie sich das letzte Mal begegnet seien?

Drei Jahre. Sie habe sich überhaupt nicht verändert, sei so schön wie damals.

Die Frau Doktor fühlte sich geschmeichelt.

Der Troubadour wohne ja auch noch im Haus.

O ja. Der schmettere nach wie vor seine Arien.

Kaum war der Satz gefallen, fing der Mann zu singen an. O WIE SO TRÜGERISCH SIND WEIBERHERZEN klang es aus einem offenen Fenster im ersten Stock.

Ganz der Alte, meinte er und sah nach oben. Habe er seinen Alkoholkonsum inzwischen reduziert?

Leider nein, antwortete die Ärztin, die jetzt ebenfalls zu dem Fenster hochschaute. Manchmal kehre er erst nachts heim, läute bei ihr, weil er sein Schlüsselbund nicht finde, setze sich in die Küche und jammere ihr die Ohren voll. Er trinke heute mehr denn je.

Kein Wunder, dass er nie mehr engagiert worden sei. Wer wolle schon einen Alkoholiker öffentlich auftreten lassen?

Das ganze Leben dieses Mannes sei eine einzige Tragödie. Seine Blutwerte seien bestimmt eine Katastrophe. Jetzt müsse sie sich aber verabschieden, entschuldigte sie sich für den abrupten Gesprächsabbruch. In der Klinik werde sie erwartet.

*

Er legte den Kostümkoffer aufs Bett, öffnete ihn und kramte die letzte noch nicht anprobierte Garderobe heraus. Es waren die Kleidungsstücke, die er als Mephisto getragen hatte. Er zog seine Sachen aus. Dann schlüpfte er in die eng anliegende schwarze Hose, streifte den schwarzen Umhang über und stieg in die schwarzen Halbstiefel. Zum Schluss setzte er die Perücke mit den schwarzen Haaren und den Geheimratsecken auf.

Der Chef des Hauses hatte die Einrichtung des Zimmers um einen mannshohen Spiegel erweitert – verstellbar und auf Rollen fahrbar. Er bezog davor Position und betrachtete sich eine Weile. Dann ging er auf und ab, versetzte sich mit passender Mimik und Gestik in die Rolle Mephistos und zitierte aus der Vielzahl seiner Texte. Ab und zu verbeugte er sich, bildete sich wie so oft ein, vor Publikum aufzutreten.

In Goethes Tragödie war er nur im ersten Teil mit von der Partie gewesen. Dort lag der Schwerpunkt auf Fausts nächtlichen Meditati-

onen, in denen er über den Sinn des Daseins nachdachte. Die Wissenschaft allein half ihm nicht mehr weiter, so dass er die Magie zu Rate zog. Sein Drang nach Klarheit ging sogar so weit, dass er den Tod als Erlösung betrachtete. Nur Glockenklang und Chorgesang – in Erinnerung an das Osterfest – hielten ihn davon ab, eine mit Gift gefüllte Schale zu leeren. Doch seine Fragen nach dem Sinn des Daseins blieben. Erst als ein geheimnisvoller Pudel Zauberformeln von sich gab, sich als Mephisto entpuppte und ihm klarmachte, dass auch in der Hölle Gesetze herrschten, war der Bann gebrochen. Mit einem Tropfen Blut aus Fausts Arm schlossen die beiden einen Pakt. Mephisto sollte Faust auf Erden dienen, im Jenseits sollte es umgekehrt sein. Fausts neuer Lebenslauf begann nun mit einem Gelage in Auerbachs Keller, das er auf dem Höhepunkt – gemeinsam mit Mephisto – vorzeitig verließ. Beide begaben sich in die Hexenküche. Im Zauberspiegel sah Faust die schöne Helena, die sofort Leidenschaft in ihm entfachte. Ein Zaubertrunk verjüngte ihn, machte ihn liebestoll. Als Faust Gretchen begegnete, bahnte sich jedoch Unheil an. Ihr Bruder sah ihren guten Ruf verloren, verfluchte sie als Hure. Bei einem Duell – Mephisto ließ seine Hand erlahmen – wurde er von Faust getötet. Und Gretchen, die Mutter geworden war, hatte ihr Kind ertränkt und saß jetzt im Kerker. Faust versuchte, sie zu befreien. Vergeblich. Ihr Geist war verwirrt, verschaffte ihr aber beim Anblick von Mephisto letzte Klarheit. Sie unterwarf sich der Gnade Gottes. Mephisto indes zog Faust mit sich fort.

Die Metastasen probten den nächsten Angriff. Er nahm eine Flasche Wasser aus der Minibar, schüttete den Inhalt in ein Glas, griff nach einer Tablette und schluckte das Medikament mitsamt der Flüssigkeit hinunter. Es verging einige Zeit, bis er die in seinem Körper wütenden Biester wenigstens vorübergehend zur Räson gebracht hatte.

Es klopfte an die Tür.

Er öffnete.

Der Hotelier stand vor ihm. Er möge verzeihen, wenn er ihn einfach so überfalle. Im Biergarten warte das Publikum auf seinen Auftritt. Es lasse sich nicht abwimmeln. Er habe versprochen, ihn zu überreden, es zumindest zu versuchen. Ob es ihm gelinge, könne er natürlich nicht garantieren, habe er vorsichtshalber hinzugefügt. Aber es wäre schon eine großartige Sache, wenn er sich dazu bereit fände.

Wenn es unbedingt sein müsse. Aber nur, weil er ihm einen Gefallen tun wolle.

Das wisse er zu schätzen.

Er müsse sich nur schnell umziehen. Er habe die Finger nicht von seinen Kostümen lassen können. Er wisse bestimmt, wie das sei, wenn die Erinnerung über einen komme.

O ja, das kenne er. Er könne aber so bleiben. Er denke, es sei eher von Vorteil, wenn er in dieser Aufmachung vor den Leuten erscheine. Dann fiele es ihm womöglich leichter, etwas vorzutragen.

Wie ein Lauffeuer hatte sich seine Anwesenheit herumgesprochen. Rund um die restlos belegten Sitzplätze fanden sich weitere Besucher ein, warteten stehend auf den großen Auftritt.

Der Chef des Hauses mischte sich unter die Gäste.

Ohrenbetäubender Beifall brandete auf.

Er wählte zunächst einen Auszug aus einer im Studier-
zimmer spielenden Szene. Mephistos Worte waren an Faust
gerichtet.

SO GEFÄLLST DU MIR.

WIR WERDEN, HOFF' ICH, UNS VERTRAGEN;
DENN DIR DIE GRILLEN ZU VERJAGEN,
BIN ICH ALS EDLER JUNKER HIER,
IN ROTEM, GOLDVERBRÄMTEM KLEIDE,
DAS MÄNTELCHEN VON STARRER SEIDE,
DIE HAHNENFEDER AUF DEM HUT,
MIT EINEM LANGEN, SPITZEN DEGEN,
UND RATE NUN DIR, KURZ UND GUT,
DERGLEICHEN GLEICHFALLS ANZULEGEN;
DAMIT DU, LOSGEBUNDEN, FREI,
ERFAHREST, WAS DAS LEBEN SEI.

Die Anwesenden klatschten Beifall, riefen nach Zuga-
ben.

Er ließ sich nicht zweimal bitten, entschied sich für einen Auszug aus der in Auerbachs Keller angesiedelten Szene. Wieder waren Mephistos Worte für Faust bestimmt.

ICH MUß DICH NUN VOR ALLEN DINGEN
IN LUSTIGE GESELLSCHAFT BRINGEN,
DAMIT DU SIEHST, WIE LEICHT SICH'S LEBEN LÄßT.
DEM VOLKE HIER WIRD JEDER TAG EIN FEST.
MIT WENIG WITZ UND VIEL BEHAGEN
DREHT JEDER SICH IM ENGEN ZIRKELTANZ
WIE JUNGE KATZEN MIT DEM SCHWANZ.
WENN SIE NICHT ÜBER KOPFWEH KLAGEN,
SOLANG' DER WIRT NUR WEITER BORGT,
SIND SIE VERGNÜGT UND UNBESORGT.

Sein Publikum klatschte noch lauter Beifall als zuvor, wünschte eine weitere Zugabe.

Angesteckt von der Begeisterung, fand er einen Auszug aus jener Szene für geeignet, die sich in der Hexenküche zutrug. Auch diese Worte Mephistos galten Faust.

GUT! EIN MITTEL, OHNE GELD
UND ARZT UND ZAUBEREI ZU HABEN:
BEGIB DICH GLEICH HINAUS AUFS FELD,
FANG AN ZU HACKEN UND ZU GRABEN,
ERHALTE DICH UND DEINEN SINN
IN EINEM GANZ BESCHRÄNKTEN KREISE,
ERNÄHRE DICH MIT UNGEMISCHTER SPEISE,
LEB' MIT DEM VIEH ALS VIEH, UND ACHT' ES NICHT
FÜR RAUB,
DEN ACKER, DEN DU ERNTEST, SELBST ZU DÜNGEN;
DAS IST DAS BESTE MITTEL, GLAUB',
AUF ACHTZIG JAHR DICH ZU VERJÜNGEN!

Er war kräftemäßig am Ende, rang zunehmend nach Luft. Er wollte nur noch auf sein Zimmer gehen, inhalieren, das Kostüm abstreifen und sich schlafen legen.

Die Besucherschar spürte, dass er mit gesundheitlichen Problemen kämpfte, wollte ihn aber gebührend verabschieden. Keinen hielt es mehr auf den Bänken. Der abschließende Applaus verstummte erst, als er im Hoteleingang verschwunden war.

*

Vor dem Theater traf er zufällig den Inspizienten, der eben eine Tür geöffnet hatte und im Begriff war, hineinzugehen. Der HDM, stutzte er. Was mache ER hier? Es sei doch schon ein Weilchen her, seit er ihn das letzte Mal gesehen habe.

Drei Jahre.

Was? Drei Jahre? Wie schnell die Zeit vergehe. Ob er reinkommen wolle? Er könne ihm ein wenig Gesellschaft leisten. Bis zur Probe dauere es noch eine gute Stunde.

Er nickte und folgte ihm in das Gebäude.

Er sehe abgespannt aus. In seinem Alter müsse er sich mehr schonen. Sonst gehe es ihm hoffentlich gut?

Den Umständen entsprechend. Seine Krankheit erwähnte er nicht.

In der folgenden halben Stunde plauderten sie über die alten Zeiten. Auch das aktuelle Geschehen kam zur Sprache. Er erfuhr, dass die Intendanz inzwischen gewechselt hatte, das Ensemble aber – bis auf drei Abgänge – zusammengeblieben war. Unter den Abgängen befand sich ein Kollege, der nach dem Tod seiner Frau die Schauspielerei an den Nagel gehängt hatte. Was der zurzeit trieb, wusste niemand.

In der Bildergalerie sei er nach wie vor präsent, sagte der Inspizient. Vielleicht wolle er einen Rundgang durchs Haus machen, wenn er schon mal da sei.

Er nickte.

Er kenne sich ja aus. Verändert habe sich nichts. Er schalte nur überall die Beleuchtung ein. Dann könne er sich in Ruhe umsehen. Er ging zum Schaltschrank und betätigte ein paar Hebel. Lampen und Scheinwerfer leuchteten auf. Er müsse leider noch ein paar Vorbereitungen treffen. Er sehe ihn später wieder.

Er betrachtete die im Korridor aufgehängten Fotos. Von ihm gab es gleich mehrere Portraits: in der Maske des Mephisto, seiner Paraderolle, im Kostüm des Jedermann und in Zivilkleidung. Die Aufnahme als Privatperson zeigte ihn lange vor der Erkrankung. Es war das dem Publikum vertraute Gesicht. Auf den anderen Fotos waren seine Kollegen abgebildet. Einige hatten gemeinsam mit ihm auf der Bühne gestanden. Nur wenige waren vor oder nach ihm aufgetreten.

Er suchte die Garderobe auf, ließ sich vor einem Spiegel nieder. Dort hatte er die Verwandlungskünste des Maskenbildners verfolgt, hier und da schon mal einen Wunsch geäußert. Schminken und Abschminken nahmen viel Zeit in Anspruch, strapazierten seine Gesichtshaut in zunehmendem Maße. Und doch verneigte er sich vor der hohen Kunst dieser Leute, die aus einem schönen einen hässlichen, aus einem jungen einen alten Menschen, aus einem Homo sapiens ein Fabelwesen zu zaubern vermochten.

Er wechselte auf die Bühne. Der Vorhang war geöffnet, gab den Blick auf den Zuschauerraum frei. Jetzt hatte ihn die Vergangenheit eingeholt. Er fühlte sich in die Zeit versetzt, als er unter anderem den Mephisto und den Jedermann gespielt hatte, am Ende die Huldigungen des Publikums entgegennehmen durfte.

Abschließend ließ er sich im Parkett nieder. Er träumte einige Zeit vor sich hin, sah sich dort oben auf der Bühne stehen. Plötzlich erlosch das Licht. Um ihn herum wurde es mit einem Mal stockdunkel. Er rief nach dem Inspizienten, fühlte sich in der totalen Finsternis absolut hilflos. Erst nach einigen Minuten wurde das Licht wieder eingeschaltet.

Er starrte auf den inzwischen geschlossenen Vorhang, der sich in diesem Augenblick öffnete. Er wusste nicht, wie ihm geschah. Das gesamte Ensemble hatte der Inspizient zusammengetrommelt, um dem großen Mimen adieu zu sagen. Da standen sie nun alle auf der Bühne und überschütteten den ehemaligen Weggefährten mit donnerndem Applaus. Ihm kamen die Tränen. Angesichts der Sympathiebekundungen erhob er sich von seinem Platz und verbeugte sich. HDM schallte es immer wieder durch das Theater. Nicht das Publikum, sondern die Kollegen spendeten ihm den allerletzten Beifall. Ein unvergesslicher Moment für den alten, kranken Mann.

*

Im alten Dorfkern waren etliche Wohnhäuser neben einem Seitenarm des am Hotel vorbeifließenden Baches errichtet worden. Angesichts des starken Gefälles hatten sich Staustufen gebildet, von denen sich das Wasser kaskadenförmig auf die tiefer liegenden Stufen ergoss. Das wiederum sorgte für ein ziemliches Getöse.

Es zog ihn zum Fluss, der die westliche Gemeindegrenze bildete, südlich davon die heimliche Hauptstadt des Landes durchquerte und vorrangig für Floßfahrten genutzt wurde. Auf dem am Ufer verlaufenden Rad- und Wanderweg hielt er vergeblich nach der erhofften Einsamkeit Ausschau. Ständig musste er Radlern ausweichen, die zwar geräuschlos, aber mit gehörigem Tempo unterwegs waren. Als wesentlich unangenehmer entpuppten sich die Wandergruppen. Sie unterbrachen mit ihrem Gequassel nicht nur die in freier Natur herrschende Stille, sondern sorgten mit dem Klappern ihrer Stöcke für zusätzlichen Lärm.

Die Ruhe, die er suchte, fand er im Schlosspark. Er hockte sich auf eine Bank. Einen einzigen Spaziergänger bekam er innerhalb der nächsten halben Stunde zu Gesicht. Und bei den wenigen Geräuschen, die er wahrnahm, handelte es sich um Vogelstimmen. Er warf noch kurz einen Blick auf das Schloss. Ein Brunnen brachte etwas Leben in die sonst vor sich hin träumende Anlage.

Die letzten Meter führten ihn zum Hotel zurück. Gegenüber ragte der Turm der Pfarrkirche in die Höhe. In dem viereckigen Bau mit Satteldach befanden sich die Glocken, die – im Gleichklang mit dem außen angebrachten Zifferblatt – jede Viertelstunde anzeigten. Bei kirchlichen Anlässen sorgten sie gar für volles Geläut.

Der Hotelier hatte ihn im Biergarten entdeckt, holte am Brotzeitstand zwei Maß Bier und gesellte sich zu ihm. Er wolle sich bei ihm bedanken.

Wofür?

Für seinen gestrigen Auftritt. Der Abend sei ein voller Erfolg gewesen. Das Publikum habe seinen Mephisto genossen. Und er habe dank des überfüllten Biergartens ein gutes Geschäft gemacht. Darauf wolle er mit ihm anstoßen. Er erhob sein Glas.

Sie stießen miteinander an und tranken einen Schluck.

Der Hotelier beugte sich zu ihm hinüber. Er mache sich Sorgen um ihn. ER kenne ihn ja lange genug, könne ihm also ruhig sagen, was mit ihm los sei. Kein anderer werde etwas erfahren.

Er zögerte, wollte kein Mitleid erregen. Doch dann schenkte er seinem Gastgeber reinen Wein ein. Er sei krank, sagte er. Unheilbar krank. Es war das erste Mal, dass er Dritten gegenüber offen über seine Tumorerkrankung sprach. Außer den ihn betreuenden Ärzten und seinem früheren Hausarzt, den er am Bratwurststand der Residenzstadt getroffen hatte, wusste niemand etwas darüber. Nicht einmal seine Familie hatte er eingeweiht, wollte ihr die bittere Wahrheit ersparen.

Unheilbar krank? Was fehle ihm denn?

Er habe Krebs. Lungenkrebs im fortgeschrittenen Stadium – mit Metastasen, wenn er wisse, was das für ihn bedeute.

Der Hotelier nickte.

Der Krebs sei über ihn hergefallen wie ein hungriges Raubtier. Jede gesunde Zelle zerstöre er, zerfresse nach und nach sämtliche Organe. Am Ende bleibe nur der Tod.

Gebe es wirklich keine Chance?

Angeblich seien Chemotherapien die einzige Möglichkeit, um dem Zersetzungsprozess Einhalt zu gebieten. Doch daran glaube er nicht. Für die Ärzte sei er ein willkommenes Versuchskaninchen. Und der Pharmaindustrie gehe es einzig um Profit.

Der Chef des Hauses musste die traurige Kunde erst verdauen. Ob er ihm etwas zu essen anbieten könne, fragte er nach minutenlangem Schweigen.

Vielleicht ein Wammerl.

Der Hotelier ging zum Brotzeitstand, ließ sich den Schweinebauch geben und brachte ihn an den Tisch. Das gehe selbstverständlich aufs Haus.

Er verzehrte das Wammerl und trank einen Schluck Bier dazu. Er staunte über seinen Appetit. Er habe auf jegliche Weiterbehandlung verzichtet, setzte er das Gespräch fort. Erstens sei er ein hoffnungsloser Fall. Und zweitens spreche sein Alter dagegen. Sterben müsse er sowieso irgendwann. Da nutze er lieber die Gelegenheit, die wenige Zeit, die ihm noch bleibe, so lange wie möglich zu genießen.

Das könne er verstehen, sagte der Hotelier und stieß mit ihm an.

Er sei generell der Ansicht, dass jeder über sein Ende selbst entscheiden solle. Er wolle damit nicht den Suizid hoffähig machen. Aber ein nicht mehr zu rettendes Leben um jeden Preis verlängern zu wollen, bedeute, dass man dem Herrgott ins Handwerk pfusche. Dazu habe die Medizin kein Recht. Und die Justiz gleich gar nicht. Anders sei es bei einem jungen Menschen. Der werde natürlich nichts unversucht lassen, um länger am Leben zu bleiben.

Der Hotelier fasste ihn sanft am Arm. Leider müsse er in der Küche nach dem Rechten sehen. Er kenne das ja. Vertrauen sei gut, Kontrolle sei besser. Er möge ihn bitte entschuldigen, solle sich aber wie zuhause fühlen. Dann verschwand er im Gasthof.

Er wechselte die Seiten, überquerte den Bach und nahm neben dem Wintergarten Platz. Dort standen zwei für Hotelgäste bestimmte Tische mit je vier Klappstühlen. Er wollte jetzt einfach nur allein sein. Von hier aus konnte er das Geschehen im gegenüber liegenden Biergarten aus der Distanz verfolgen.

Die unter Kastanienbäumen aufgereihten Bänke waren bereits zu dieser Zeit gut gefüllt.

Im vorderen Teil hatte sich eine große Gruppe versammelt. Wie er später erfuhr, waren es Mitarbeiter einer Firma, die an einer einwöchigen Schulung teilnahmen. Sie aßen allesamt gegrillte Haxen und tranken Bier aus Maßkrügen.

Im hinteren Teil hockte eine Großfamilie beieinander. Die Frauen deckten den Tisch, hatten alles dabei: eine Tischdecke, Teller und Bestecke sowie zwei Körbe mit üppigen Brotzeiten. Die Männer holten das Bier am Brotzeitstand. Die Alten ließen es sich schmecken und prosteten sich zu. Die Kinder rannten zum Bach und fütterten die Forellen mit Brezelresten.

In der Mitte saßen ein paar junge Männer. Sie trugen Lederhosen und Federhüte, aßen nichts, tranken dafür umso mehr. Irgendwann waren sie betrunken, konnten sich kaum noch auf den Beinen halten.

Wie so oft, wenn er allein war, schossen ihm alle möglichen Gedanken durch den Kopf, erlebte er ein Wechselbad der Gefühle. Auf der Bühne war das anders. Dort war er abgelenkt, konzentrierte sich auf seine Rolle, kostete den Applaus des Publikums aus. Hier war er nur ein alter, kranker Mann, der dem Tod ins Auge sah, den die Gewissheit schmerzte, schon bald von der Familie Abschied nehmen und auf die schönen Dinge des Lebens verzichten zu müssen, dem aber auch eine trostlose Zukunft erspart blieb, die er auf die Menschheit zukommen sah: Kriege um Nahrung und Energie, Klimakatastrophen, Seuchen, Altersarmut, Bildungsverfall, Massenarbeitslosigkeit, Schwerstkriminalität, Terror. Dies alles nicht mehr erleben zu müssen, tröstete ihn über den bevorstehenden Tod hinweg.

*

Er machte sich auf die Suche nach dem Kollegen, der ihn in Goethes FAUST, Shaws MAJOR BARBARA und von Hofmannsthals JEDERMANN begleitet, nach dem Tod seiner Frau den Beruf aber aufgegeben hatte. Niemand konnte ihm sagen, wo er sich aufhielt. Hinter vorgehaltener Hand hieß es, dass er sich bei den Obdachlosen herumtrieb.

Die meisten Leute, die keinen festen Wohnsitz nachweisen konnten, lungerten am Fluss herum. Er zog am westlichen Ufer entlang – erst in nördlicher, dann in südlicher Richtung. Er kam an mehreren Brücken vorbei, fragte bei dem einen oder anderen Tippelbruder nach – aber vergeblich. Auch bei den freiwilligen Helfern der sozialen Einrichtungen war der Mann, der einst den Doktor Faust gespielt hatte, ein unbeschriebenes Blatt. Erst von einer älteren Dame, die mit ihrem Dackel am Fluss entlang spazierte und ihn sofort erkannte, erhielt er den entscheidenden Tipp.

Sie habe ihn in Goethes FAUST gesehen, sagte sie. Sein Mephisto sei ihr noch gut in Erinnerung. Schade, dass er hier nicht mehr auftrete.

Die Frau war ihm sympathisch, war sie doch – außer den Theaterleuten – die erste, die ihn mit Mephisto in Verbindung brachte. Er trete nirgendwo mehr auf, sagte er.

Dann halte er es ja wie sein Partner, der den Doktor Faust gespielt habe. Der habe sich auch zur Ruhe gesetzt, lebe nicht weit von hier in einem Wohnwagen. Der Campingplatz befinde sich weiter flussaufwärts.

Endlich hatte er eine brauchbare Spur. Er bedankte sich bei der älteren Dame mit einem Handkuss. Zu Fuß war es sicher zu weit. Zudem kämpfte er mit dem üblichen Luftmangel. Er setzte sich auf eine Bank, atmete langsam ein und aus. Auch die Schmerzen in der Brust quälten ihn von neuem. Karzinom und Metastasen wollten einfach keine Ruhe geben. Ohne Wasser war die Tabletteneinnahme aber unmöglich.

Nachdem er wieder einigermaßen atmen konnte – die Krämpfe ignorierte er – begab er sich zur nahe gelegenen Straße. Dort hielt er ein zufällig vorbeikommendes Taxi an. Der Fahrer wusste sofort, um welchen Campingplatz es sich handelte. Es war der einzige weit und breit. Am Ziel zahlte er und stieg aus. In einer Stunde sollte ihn das Taxi wieder abholen.

Am Eingang erkundigte er sich nach dem Stellplatz seines Kollegen. Der Platzwart erklärte ihm den Weg. Kurz darauf stand er vor dem Wohnwagen. Er pochte an die Tür. Es rührte sich nichts. Er klopfte noch einmal. Nichts geschah. Er nannte ihn beim Vornamen, rief ihm zu, dass ER es sei. Endlich vernahm er Geräusche. Wie in Zeitlupe öffnete sich die Tür.

Der Kollege erschien – unrasiert, mit Unterhemd und kurzer Hose bekleidet. Mensch HDM, sagte er und zögerte einen Moment. Dann umarmte er ihn. Er solle reinkommen.

Er trat ein und ließ sich auf einer Eckbank nieder. Um ihn herum herrschte Chaos.

Wie habe er ihn gefunden?

Eine ältere Dame habe ihm seinen Aufenthaltsort verraten. Sie habe sie beide in Goethes FAUST erlebt.

Er sei der erste, der ihn besuche.

Das mit dem Tod seiner Frau tue ihm leid.

Der Kollege warf einen kurzen Blick auf ein Foto seiner Frau.

Er könne seinen Kummer verstehen. Auch den Rückzug von der Bühne. Aber dass er in einem Wohnwagen hause, könne er nicht nachvollziehen.

Es hänge mit der Erinnerung an seine Frau zusammen. In der warmen Jahreszeit habe er hier jede freie Minute mit ihr verbracht. Die Nähe zur Natur – zum Fluss und zum Wald – sei für beide eine willkommene Abwechslung gewesen. Das Leben mitten in der Großstadt habe ihnen nie zugesagt.

Im Sommer möge das ja eine Alternative sein – zumindest aus der Sicht eines Campingfreundes. Aber im Winter? Nein, das wäre nichts für ihn.

Während der kalten Jahreszeit halte er sich nicht hier auf. Er besitze eine Wohnung in der Innenstadt. Sobald aber das Thermometer im Durchschnitt zwanzig Grad übersteige, werde das Winterquartier eingemottet.

Er sei also mit seinem neuen Leben zufrieden, sagte er und sah sich dabei um.

Ja. Er spürte das Unbehagen seines einstigen Partners. Nur seine Frau fehle ihm. Die habe alles in Schuss gehalten und für Ordnung gesorgt.

Er schwieg. Er dachte daran, wie wohl er sich das ganze Jahr über in seinem Landhaus fühlte – mit Blick auf den

See und die Berge. Mit dieser Art zu leben wäre er nicht zurechtgekommen. Doch dann überlegte er, ob SEIN Lebensstil der Weisheit letzter Schluss war. War der schnöde Mammon am Ende nicht wertlos? Er musste an den Jedermann denken, der bei seiner Reise ins Jenseits auf sein gesamtes Besitztum verzichten musste.

Er sehe reichlich mitgenommen aus, wechselte der Kollege das Thema.

Das Alter hinterlasse eben seine Spuren. Über seine Krankheit verlor er kein Wort. Dann fragte er ihn, ob er die Bühne nicht manchmal vermisse.

Der schüttelte den Kopf. Das Theater habe er ein für allemal abgehakt. Das sei alles Schnee von gestern. Jetzt spiele er die Rolle seines Lebens – den Urlauber, dreihundertfünfundsechzig Tage im Jahr. Nur seine Frau vermisse er.

Es klopfte an die Tür.

Er öffnete.

Der Platzwart stand draußen. Am Eingang warte ein Taxi, sagte er.

Das sei für ihn. Er umarmte seinen Kollegen und wünschte ihm alles Gute. Dann folgte er dem Platzwart, stieg ins Taxi und ließ sich zum Hauptbahnhof bringen. Die Koffer hatte er in sein Landhaus schicken lassen.

In der Bahnhofshalle steuerte er auf die Regionalbahn zu, stieß im Gewühl versehentlich eine ältere Frau an, entschuldigte sich, ging weiter, blieb – wie vom Blitz getroffen – abrupt stehen und warf einen Blick zurück.

Auch die ältere Frau hatte sich umgedreht, hielt inne und starrte ihn fassungslos an. Mein Gott! rief sie ihm zu. Sei er es wirklich? Der HDM?

Ja, rief er zurück, ging auf sie zu und umarmte sie.

Sie standen einige Minuten wortlos da – mit Tränen in den Augen.

Wie lange sei das jetzt her, wollte sie wissen und gab ihm einen Kuss auf die Wange.

Gut fünfzig Jahre, antwortete er und nahm sie nochmals in den Arm. Sie habe sich kaum verändert. Er habe oft an sie denken müssen. Erst kürzlich habe er sich bei ihrem Neffen nach ihr erkundigt.

Sei das wahr? Sie habe ihn auch nicht vergessen. Sie berührte sein Gesicht mit beiden Händen. Schmal sei er geworden. Sie sah ihn besorgt an.

Er sehe sie heute noch als Iphigenie und Fräulein Julie auf der Bühne stehen, lenkte er vom Thema ab.

Seinen Orest und Diener Jean habe sie auch noch vor Augen. Mein Gott! Sei das lange her.

Ihr Wiedersehen sei ein Grund zum Feiern. Da drüben sei eine Gaststätte. Ob sie ein wenig Zeit habe? Er lade sie ein.

Ihr Anschlusszug fahre erst in einer Stunde. Ihr Neffe hole sie daheim ab. Habe sich in ihrem Geburtsort viel verändert? Er sei doch kürzlich dort gewesen.

Kaum. Aber vieles sei renoviert und restauriert worden. Es werde ihr gefallen.

Arm in Arm gingen sie durch die Halle und betraten das Lokal. An einem freien Tisch ließen sie sich nieder. Eine Bedienung kam und nahm die Bestellung auf. Sie hatten sich unglaublich viel zu erzählen.

Der Heimgang

Der alte Mann war mit der Regionalbahn zu dem kleinen Ort unterwegs, an dessen See sein Landhaus lag. Er freute sich auf die Heimkehr, war glücklich, seine Abschiedstour erfolgreich zu Ende gebracht zu haben. Im Waggon herrschte anfangs dichtes Gedränge. Erst nach und nach lichteten sich die Reihen, bis er auf dem letzten Streckenabschnitt als einziger Fahrgast zurückblieb.

Mit seiner früheren Partnerin hatte er eine dreiviertel Stunde zusammengesessen. Er erfuhr, dass sie das Theater im Torturm drei Jahre nach ihm verlassen hatte und drei Jahrzehnte lang an verschiedenen Schauspielhäusern in Österreich engagiert war, ehe sie schließlich dem Ruf ans Burgtheater folgte. Dort hatte sie ihren Mann kennengelernt, der vor zwei Jahren gestorben war. Er erfuhr auch, dass sie nach langer Zeit ihren Bruder und Neffen besuchen, ihr Elternhaus wiedersehen wollte. Außerdem durfte sie in ihrem Geburtsort den Ehrenbürgerbrief entgegennehmen. Dann sollte es wieder zurück nach Österreich gehen. Sie hatte ihm versprochen, auf dem Rückweg einen Abstecher zu seinem Landhaus zu machen. Darauf freute er sich.

Seiner einstigen Partnerin gönnte er die Auszeichnung. Mit dem Burgtheater hatte die großartige Charakterdarstellerin schließlich höchste Weihen empfangen. Gleichzeitig fragte er sich, weshalb seine Heimatstadt nichts dergleichen für ihn tat. Als Mephisto hatte er über die Landesgrenzen hinweg einen Aufsehen erregenden Erfolg gefeiert. Und auch sonst war er mit Hauptrollen wie dem Mackie Messer, dem General Harras, dem Lelio, dem Hamlet, dem Marquis von Keith und dem Jedermann in die Schlagzeilen geraten, hatte den Olymp der Schauspielkunst erklommen. Nur bei den Stadtvätern seines Geburtsorts schienen diese Botschaften nicht angekommen zu sein.

Er blickte traurig aus dem Fenster, sah die Dörfer mit den markanten Zwiebelkirchtürmen, den geschmückten Maibäumen und den verstreut liegenden Bauernhöfen mit ihren typischen Lüftlmalereien nur schemenhaft an sich vorüberziehen. Und mit einem Mal war ihm die Freude über die bevorstehende Rückkehr in sein Landhaus vergangen, würde ihm die einmalige Sicht auf den See und das bei Föhn greifbar nahe Gebirge doch bald verwehrt sein. Stattdessen sinnierte er darüber, was ihn im Jenseits erwartete – die tröstenden Worte seines im Kohlenpott begrabenen Kollegen noch deutlich in den Ohren.

An der letzten Haltestelle vor der Endstation betraten zwei Männer das Abteil. Die beiden Furcht erregenden Gestalten erinnerten ihn an Cowboys. Er glaubte, in einem Western mitzuwirken. Der eine richtete eine Pistole auf ihn, brüllte HÄNDE HOCH! Der andere griff ihm in die Jackentaschen. Empört haute er dem Ganoven auf die Finger. Der wiederum schlug ihm ins Gesicht. Er wehrte sich, rief um Hilfe. Doch vom Bahnpersonal war weit und breit nichts zu sehen. Er trat dem Angreifer in die Genitalien. Der krümmte sich vor Schmerzen. Jetzt fühlte sich der Mann mit der gezogenen Waffe bedroht, zielte auf ihn und gab einen Schuss ab, der ihn in die Brust traf.

*

Er schrie auf, erwachte in diesem Moment. Sein Gesicht war mit Schweißperlen bedeckt. Er japste nach Luft. Er erblickte seine Tochter, die an seinem Bett saß und seine Hand hielt. Der Enkel stand daneben, strich zaghaft über seine schlohweißen Haare.

Das medizinische Personal hatte er in helle Aufregung versetzt. Im Handumdrehen versammelten sich Ärzte und Krankenschwestern um ihn herum, prüften die Sauerstoffzufuhr und den Blutdruck samt Puls, wischten ihm den Schweiß aus dem Gesicht und spritzten ihm vorsorglich ein Schmerzmittel. Bald darauf zogen sie sich – einer nach dem andern – wieder zurück.

Wo sei er?

In der Klinik, antwortete seine Tochter.

Er fasste sich an die Brust. Wo sei die Wunde?

Welche Wunde?

Na die Schusswunde. Der eine der beiden Gangster habe ihn bestehlen wollen. Der andere habe auf ihn geschossen.

Der Enkel sperrte den Mund weit auf, war im Begriff, ihn auszufragen.

Seine Mutter fuhr geistesgegenwärtig dazwischen, gab ihm mit einem unmissverständlichen Blick zu verstehen, dass er schweigen sollte. Das habe er nur geträumt, sagte sie.

Wolle sie damit sagen, dass er alles andere auch nur geträumt habe?

Nein, natürlich nicht, beruhigte sie ihn. Die Wahrheit konnte sie ihrem Vater nicht sagen, wollte ihm die Enttäuschung ersparen. Seine Reise habe er angetreten und wie geplant zu Ende geführt. Erst nach seiner Rückkehr habe man ihn bewusstlos in seinem Landhaus gefunden. Von dort sei er hierher gebracht worden. In Wirklichkeit war er überhaupt nicht mehr in der Lage gewesen, sich diesen lang gehegten Wunsch zu erfüllen. Sie hatte ihm zwar noch beim Kofferpacken geholfen und die Bahnfahrkarten besorgt. Doch dann war er plötzlich zusammengebrochen – kurz vor Reisebeginn. Inzwischen hatte sich sein Zustand derart verschlechtert, dass ihn die Ärzte aufgegeben hatten.

In seinem Gesicht zeigte sich ein zufriedenes Lächeln. Er erzählte, was er während seiner Reise alles erlebt hatte. Am meisten habe er sich über sein treues Publikum gefreut. Fast überall sei ihm ein herzlicher Empfang bereitet worden.

Nach so vielen Jahren? Seine Tochter war sichtlich bemüht, keinen Verdacht zu erregen.

Auch er sei überrascht gewesen. Entweder habe man ihn auf den Bahnhöfen erwartet, habe ihm einfach nur zugejubelt oder ein paar Takte Musik vorgespielt. Auch Autogramme habe er geben müssen – sogar im Zug.

Oder?

Oder man habe ihn in den Theatern überrascht. Jeder habe sich von seinem Platz erhoben, Applaus gespendet und ihn beim Namen gerufen. Selbst im Biergarten sei er mit Blasmusik empfangen worden, habe im Gegenzug als Mephisto auftreten und mehrere Passagen rezitieren müssen.

Sei er auch Kollegen begegnet?

Ja. Seine allererste Partnerin habe er nach gut fünfzig Jahren rein zufällig auf dem Bahnhof getroffen. Ein Kollege stehe nach wie vor auf der Bühne, ein anderer habe sich nach dem Tod seiner Frau zurückgezogen. Der hause in einem Wohnwagen. Ein Dritter lebe seit Jahren in einem Pflegeheim. Der habe ihn gar nicht erkannt. Und der letzte, den er zu sehen hoffte, befinde sich bereits auf dem Friedhof. Dort werde er auch bald liegen.

Sie drückte seine Hand und schüttelte den Kopf. Noch sei es nicht soweit. Außerdem könne er sich nicht einfach so aus dem Staub machen.

Genau, mischte sich der Enkel ein. Der Opa müsse bleiben. Sonst könne er ja nicht sehen, wie er Schauspieler werde.

Er lächelte und streichelte den Zehnjährigen. Plötzlich hob er den Kopf und sah seine Tochter an. Er sei doch noch bei Sinnen, oder?

Was solle die Frage?

Er müsse seine Abschiedstour gemacht haben. Schließlich habe er auch sie und ihre Familie daheim besucht.

Natürlich, sagte sie und deutete ihrem Sohn gegenüber an, sich nicht zu verplappern.

Selbst seine Schwester und den Neffen habe er noch einmal gesehen.

Gewiss.

Mit einem Mal entspannten sich seine Gesichtszüge, als hatte er endlich den ersehnten Frieden gefunden.

Sie hielt die kälter werdende Hand fester als zuvor, sah in die allmählich erstarrenden Pupillen.

Der Enkel streichelte zärtlich die Wangen seines Großvaters.

Und der inzwischen eingetroffene Schwiegersohn ergriff die andere Hand.

Der alte Mann schien ein letztes Mal zu lächeln. Dann setzten Herzschlag und Atmung aus, schloss er für immer die Augen.